情不知所起，一往而深。
尋著心之所向，乘著拂曉清風，
流往那剎那即永恆之境。

情不知所起，一往而深。
尋著心之所向，乘著拂曉清風，
流往那剎那即永恆之境。

第31次離家出走
網路人氣作家
小蒹葭 著
Kopako 繪

Contents

Part 1

Part 2

番外篇

Part 1

第 1 章　第三十次離家出走

媳婦：『早安吻沒有，晚安吻也沒有，每天都早出晚歸，這個家是待不下去了。你待不下去了，我也待不下去了。我走了！』

媳婦：『再也不回來了！』

媳婦：『照片.jpg』

言倏收到訊息的時候正在開會，等看到內容時，已經過去半小時了。

言倏：「……」

三十次了。

結婚三年，他老婆離家出走了三十次。平均一年十次，一年中，只有那麼兩個月忘記離家出走。

「總裁表哥，我收到了嫂子的訊息。」

靠著裙帶關係進來公司的司樂，壓低嗓子走在言倏旁邊。

言倏有點心累，快步走到辦公室裡問：「他說什麼了？」

司樂唸著訊息回答：「嫂子說你對他冷暴力，還傳了一個地址給我，我看不懂。」

司樂是言倏的表弟，由於大學是在其他地方讀的，沒見過幾次言倏的媳婦。他對自家表哥媳婦的印象大概是：一個很好看的男人，跟表哥很相配；笑起來很好看，但姨媽不喜歡。

司樂沒弄懂，但言倏秒懂了，他拿起車鑰匙就問自家表弟地址在哪。

表弟告訴言倏後，又走過去小聲問：「嫂子說你冷暴力，是真的嗎？」

見表哥半天沒說話，司樂義正辭嚴地說：「表哥，這樣不好。」

言倏笑了一聲，看向了司樂，「你說，半小時沒回訊息算冷暴力嗎？」

司樂跟在言倏後面試探地說：「……算吧。」

「滾吧。」

「哦。」

言條認爲，林爾酒很會挑地方離家出走，這裡離家大概有兩公里，離公司有四公里。他下午五點半下班，帶個行李箱坐車到隔壁社區公園，連二十分鐘都不用。

但是吧，要是不去把人接回來了，他家媳婦能一直待到天黑。天黑了是知道要回家，但也成了一個小可憐。

別問他怎麼會知道得這麼清楚。第二十次離家出走，言條就沒去接人，覺得不能一直寵著林爾酒。

當時天都快黑了，林爾酒還沒回來。言條馬上慌了，打電話給林爾酒沒打通，再開車去隔壁公園，路上遠遠就看見了一個失魂落魄的林爾酒。

林爾酒一看到他，眼睛直接就紅了，「爲什麼不來找我？地址都傳給你了。」

言條當時語塞了，他是故意的，但他說不出口。

林爾酒等了半晌，也沒等到言條的解釋，眼裡的光慢慢黯淡了下去。他苦笑一聲，低著頭默默走去了車後座，打開車門時，回頭看了言條一眼，「沒人喜歡我了。」

言條明明知道林爾酒有很大一部分在裝可憐，但他當時聽了真的心疼極了，哄了好久，小可憐才又變成了小蠢蛋。

那個時候，他突然就覺得要是一輩子慣著林爾酒也沒什麼。自家媳婦雖然喜歡離家出走，但是林爾酒出走的時間都是選好的，都在自己空閒的時候，而且選的地方也不遠。

但是，今天出了意外。公司臨時接了一個重大的專案，他加班了。

等言條抵達的時候，只見林爾酒乖巧地坐在長椅上面，腳邊是離家出走的標配行李箱，手裡還捏了一支手機。

言條默默走了過去。

林爾酒此刻正在糾結要不要再發個訊息給言條，萬一司樂表弟蠢到把地址說錯了怎麼辦？

林爾酒一想，又一字字戳著手機，傳訊給備注爲「男媳婦」的言條。

『地址是見顯公園，我才不要你來接我。』

然後林爾酒就立刻在身邊聽到了手機提示音，他猛然回過頭，眼睛瞬間被蒙住了。

熟悉的觸感，和熟悉的溫度。

「言倏！」

言倏輕笑了一聲，坐在了林爾酒身邊，調侃他：「還願意認我這個冷暴力你的人啊！」

林爾酒眼睛一亮，頭一偏，一氣呵成，拒絕回答。

言倏伸手拿過林爾酒輕飄飄的行李箱，無奈地說：「一天到晚就會作怪。你知道這是你第幾次離家出走了嗎？」

林爾酒「哼」了一聲，正巧旁邊路過一個跳土風舞的阿姨。

阿姨看到言倏和林爾酒後笑著說：「小情侶又來談情說愛了啊！大帥哥可要好好哄人哦，小帥哥又帶著行李箱出走了。」

林爾酒一下就紅了臉。言倏在一旁示意自己手裡的行李箱，「出走的行李箱已經找回來了。」

阿姨笑著點頭，給了言倏一個加油的姿勢，又繼續跳舞去了。

林爾酒的臉已經紅得要滴血了，卻還挺沒有自知之明地問：「阿姨幹嘛還替你加油打氣？」

言條揉了一把他的頭，「不就是憑你這個出走三十次的行李箱才認識我的嗎？小帥哥酒酒，要回家了嗎？」

哼。

不回。

第2章　抱抱

言條站起身，拎著行李箱準備要走，但林爾酒不還想走，還坐在長椅上抬頭低頭就是不看言條，嘴裡嘀咕著些什麼。

「碎碎唸什麼呢？」言條走了過去。

看到言條的影子過來後，林爾酒這才開口：「我離家出走了。」

言條只好又坐回林爾酒旁邊，伸手捏住林爾酒的臉蛋哄著：「所以，我這不是來接小帥哥了嗎？」

林爾酒一個巴掌把言條的手打了下去，很不高興地說：「都捏胖了。」另一腳踢著地上不存在的石頭。

言條感覺林爾酒踢的不是空氣，而是流動在空氣裡的他的呼吸。

「都沒肉了還胖？」

言倏話音剛落，便收到了林爾酒略帶警告的眼神，「好好好，不說了。所以，酒酒小朋友爲什麼還不跟叔叔回家？」

林爾酒抬起眼眸，順勢說：「叔叔，你早安吻和晚安吻都沒有補給我。」

言倏：「……」

言倏只好又親了林爾酒兩下。

林爾酒的心情瞬間明顯好了起來。

「能回家了嗎？小祖宗？」

林爾酒抿著嘴偷笑，又昂著腦袋搖搖頭嚴肅地說：「哥哥你還沒有說愛我。」輩分都亂了，典型的得寸進尺。

言倏不想理林爾酒了，轉身就走。林爾酒有些慌了，站起來急著說：「那抱抱我總可以吧？」

言倏正一手拎著行李箱，一手牽著有點委屈的林爾酒。

「下次還要帶行李箱嗎？」

林爾酒嗓音都帶著沮喪，「不帶了。」

言倏只有一隻手，抱不了他。

回到家已經快六點了，言絛簡單做了點飯菜，叫了正在看電視的林爾酒吃飯。

電視裡正播到男主角失憶，忘記了深愛多年的女主角，當著女主的面跟女配出雙入對。

林爾酒吃飯的時候還沒回過神，一時沒注意乘機一直夾青菜給他的言絛，卻忽然開口說：「你要是失憶了，會忘記我嗎？」

言絛看了一眼按了暫停的電視劇。

《落魄公主追愛記》是一部集狗血於大成的電視劇。前一陣子，林爾酒問過他會不會找替身，現在林爾酒問他會不會失憶。

「不想回答。」言絛眼皮子掀了一秒後，再也不想抬了。

「爲什麼？」好奇的眼神看過來。

「自己想。明天我出差，大概兩天就能回來。」

林爾酒皺著眉頭無意識「哦」了一聲，他的重點已經不在這個上面了。他在想著言倏為什麼不想回答。吃飯的時候想，洗澡的時候想，要睡覺的時候還在想——越想，越覺得事情很嚴重。

替身問題，言倏都痛快回答了不會找。為什麼失憶問題就不回答了？

林爾酒決定將已經睡著的言倏叫醒。

黑暗裡，言倏一隻手臂搭在額頭上，語調睏得要死，「又有什麼事啊？小祖宗。」

林爾酒緊緊注視著言倏的一舉一動，緊張兮兮地問：「是不是因為李爾？」

李爾是言倏公司的綠茶高級主管，對言倏頗有意思。但言倏對李爾沒一丁點想法，不過這並不妨礙林爾酒吃醋。

言倏還沒清醒，顯然對林爾酒的話不是很關心，他翻了一個身，一把將林爾酒摟進懷裡，閉著眼睛說：「睡覺。」

林爾酒看言倏不正面回答，繼續煩著他，「是因為我愛作怪所以你就沒耐心回答了嗎？」

言倏被吵得神智慢慢恢復，恍惚了半天才知道自己媳婦在說什麼，然後嘆了大大一口氣。

「林爾酒，你現在睡覺我還可以放過你。」他明明就是懶著再回答這種弱智問題。

言條的心情顯然不是很好，林爾酒的鼻子被言條狠狠壓在胸口，快要不能呼吸了。林爾酒只好退而求其次，改用嘴巴求生。

「是嗎？」林爾酒顯然沒有意識到嚴重性，還不死心又問了一句。他的聲音被悶住了，呼吸全都灑在了言條的胸膛上，讓人癢癢的。

對於不知悔改的林爾酒，言條選擇翻身過來，將林爾酒壓在了下面，冷笑一聲，「你也知道你愛作怪？」

林爾酒在黑暗裡眨了眨眼，很不滿意言條的反問。他撇了撇嘴，推著言條，「不想理你了。」

「還不想理我？想要我回答什麼啊？回答你不愛作怪？小祖宗，就憑你半夜把我搞起來的衝勁，我也不能昧著良心說瞎話啊！現在呢，你已經失去了睡覺的權利。」

小祖宗臉一紅，心思被戳穿了，更不想理言條了。

「我有睡覺的權利，我要睡覺了，不問你了。」

不過，林爾酒睡覺的權利被言條無情剝奪了。

第二天是週六，小祖宗的對象卻出差去了。

哼。

林爾酒發訊息給言條：這個家你肯定是不想回來了。

林爾酒剛剛把這句話傳過去，電話就打了過來。

「祖宗，你今天可千萬別給我離家出走，我今天趕不回來；而且我昨天跟你說過了我要出差兩天的。」電話裡的聲音略顯委屈。

林爾酒仔細回想了一下，好像是說了。

「那我就不離家出走了吧。」勉爲其難喔。

第3章　失憶

林爾酒沒想到自己問的問題竟然成眞了，言倏在高速公路上出車禍失憶了！

「嫂子，你先別哭。表哥的情況說嚴重其實也不是很嚴重，主要是腦中有瘀血，等瘀血散了，差不多就好了。」

林爾酒在趕去醫院的路上著急地問：「眞的嗎？你別騙我。那言倏他還記得我嗎？」聲音裡帶著哭過的鼻音。

電話那邊明顯遲緩了好幾秒才說：「嫂子，失憶就是忘記全部了，他應該也把嫂子忘了。但不重要，我相信表哥對嫂子的愛。」

林爾酒「哦」了一聲，又跟個答錄機似的再問言倏情況到底怎麼樣了？在司樂說了很多遍沒事之後，他才終於放了心。

但一路上堵車嚴重，讓林爾酒一個人腦補了很多恐怖情景。他腦補言倏車禍後全身是血的模樣；又想到做完手術出來，言倏不僅整顆頭裹著紗布痛得要死，而且一個人也不認識，一定很無助。

林爾酒無法想像自己老公無助的樣子。

「司機大哥，再開快一點。」

「快不了啦。再快就會超速吃罰單的！」

等林爾酒抵達的時候，司樂已經在樓下等著他。

「你不在言倏身邊陪著，他一個人怎麼辦？」林爾酒有些責怪地質問司樂。

司樂撓撓頭，「表哥很好呢。不過經理也來了，表哥要我下來接你。」

經理？

林爾酒自動劃重點，而忽略了更大的重點，「財務經理？」

司樂「嗯」了一聲。

那就是李爾了。

他最討厭的人！

林爾酒快步往病房趕去，準備要推開門時，又慫了。

他看向司樂，「言條眞的什麼也不記得了？」

司樂點頭，「醫生問了好多問題，表哥都不知道。他自己也猜自己是失憶了。」

自己猜測？

這跟他看的電視不一樣啊。失憶還能自己猜？

林爾酒輕呼了一口氣，推開了房門。

然後林爾酒就懵掉了。

——因爲他的老公正在罵人，還是他最討厭的李爾。

「你眞的很煩。」

沙啞的聲音從病床上傳來，還帶著一絲病弱。言條看了一眼推門而入的林爾酒和司樂後，又將略帶不耐煩的目光轉向了李爾。

林爾酒站在門口默默不作聲。

他老公好像一點也不無助耶。

「我他媽是在關心你！關心你有錯嗎？」剛說完，李爾眼淚就流下來了。

林爾酒一顆心提到了喉嚨。好可憐、好無助的李爾。

但言倏還在雪上加霜，眼皮微掀，「關心我？」嗤笑了一聲後沒說話。

李爾愣住了，沒想到一向脾氣很好的言倏會這樣對他。他憤懣地瞪了一眼還站在門口的林爾酒，指著人說：「我說的有錯嗎？你老婆，他，在你出車禍兩個小時後才趕來！兩個小時，你要是嚴重點，都見不到你最後一面了！」

林爾酒張了張嘴想要解釋，但旁邊的司樂抓住了林爾酒的衣服，顯然也被嚇到了。特別是林爾酒還收到了言倏凶狠冷淡的目光，更不敢造次了，兩個人頓時安靜如小雞那般。

過了一會，安靜的病房才傳來聲音。

「現在不止一點，是很多。」

言倏清冷的眼眸一絲溫度也沒有，雖然腦袋空空的，但他就是不想聽到有人說他媳婦的壞話。

一點都不行。

但是，他有老婆嗎？言倏不記得了。

是門口那個人嗎？如果自己有老婆，那肯定是他。言條只是看了他一眼，鬱悶的心情就消失了。

「我……」李爾還想說什麼，言條直接打斷了李爾的話，「滾吧。」說完便又閉上了眼睛，一點面子也沒給李爾。

李爾難以置信，冷笑了好幾聲，經過林爾酒的時候還撞了一下他的肩膀。林爾酒揉了揉肩膀，然後戰場上只剩下徹底懵掉的他，因爲司樂也偷偷跟在李爾後頭溜掉了！

林爾酒是第一次見到這麼凶的言條，半天也說不出話。他看著窗戶，看著櫃子，看著天花板，最後決定偷偷看看閉目養神的言條。

視線剛一飄過去，就跟言條四目相交了。

林爾酒立馬就低下了頭，他目前還不知道怎麼跟超凶的老公相處。

但超凶的言條不打算放過林爾酒，「你是跟著司樂一起過來的，所以你是我的另一半？」

言條不太習慣當著眼前人的面用「媳婦」這個詞，換成了比較通俗的說法。

林爾酒沒注意到，小聲「嗯」了一聲，「嗯」完後又補上了一句，「是有結婚證書家裡掛著結婚照片的那類。」

他當然知道是那類了。

言條眼眸裡慢慢有了點笑意，冰霜似的臉終於有所瓦解。

但林爾酒低著腦袋還沒發現，仍試圖挽救自己的不是，「那個……遲到了兩個小時，我可以解釋的。」

「嗯，你說。」

一點也不凶了！林爾酒默默走過去，想離言條近一點，「我中午習慣午休，所以醫院電話打來的時候我是睡著的，一直到醒來才看到訊息，但是我立刻馬不停蹄地趕來，班也不上了。」

林爾酒說著，又抬起可憐兮兮的眼眸，試圖讓言條不要認爲自己不重視他。

雖然言條現在態度很凶，但他也不打算放開超凶的言條。

超凶的言條也是他的老公。

「你叫什麼名字？」

「林爾酒。」很乖巧的小朋友自我介紹。

言條又是一笑，跟之前的冷笑有些不同，現在是酥酥的笑聲，林爾酒聽著耳朵癢癢的那種。

「你相信我說的嗎？」林爾酒快要走到了床邊。

言倏「嗯」了一聲，緩緩地說：「你看起來有點像是我喜歡的類型。」

林爾酒猛然一抬頭，言倏的眼裡已沒有了剛才的冰冷和不耐煩，還跟從前那樣溫柔。

但好像又有點不一樣。

「那你喜歡什麼樣的類型？」

言倏看著站在離床邊不遠的林爾酒，想像了一下林爾酒應該是什麼樣子的，「溫柔懂事的小棉襖吧。」

不管是溫柔懂事還是小棉襖，他一個也不是啊！

他頂多算是件皮夾克。

林爾酒尷尬一笑，默默坐在床邊吸了吸鼻子，「好巧哦，我又乖巧又懂事還十分溫柔。可以抱抱我嗎？我有一點點想你了。」

第4章　聰明可人

出院手續很快就辦好了。期間林爾酒一直緊緊握著言倏的手，言倏的手掌比林爾酒大了不少，但林爾酒試圖將言倏的手全都包裹住。

言倏走在林爾酒旁邊，低頭看了好幾眼自己的手。有點不太習慣，但並不排斥。

回家的路上，林爾酒也一直試圖喚醒言倏的記憶。

「你看，這是我們一起拍的照片。」林爾酒將手機裡的照片點出來給言倏看，有風景名勝合拍，有家裡拍的合照，還有……言倏的出浴照？

林爾酒一尷尬，很快地滑了過去，「我偷拍的，你要是生氣了我現在就刪。」

林爾酒還在往後滑著照片，但言倏突然抓住了他的手腕，讓他茫然地抬頭。

「我生氣了。」

生氣了？

言條忽然板著一張臉，還挺凶狠的。

林爾酒掙脫了回去，低聲下氣「哦」了一聲，然後特別心痛地當著言條的面將照片刪了，「我刪了，你別生氣。」

「嗯。」

言條的眼底劃過一道極淺的笑意，掩藏在林爾酒不甘心的低頭之後。正因爲沒有捕捉到那絲笑意，林爾酒還一直擔心失憶的言條在生他的氣，以爲自己是個愛拍人私密照的變態。

林爾酒抬起頭，歪著身子，扯著自己兩邊的嘴角說：「那你笑一笑。」

他昂著臉湊向言條，剛湊近到只剩一公分的時候，又意識到現在面對的是失去記憶還有點凶的老公，連忙退了回去。

但言條直接托住了他的後腦杓，聲音略顯低沉：「我還沒笑呢。就不給我看你的笑了？」這是林爾酒剛遇到言條時才能聽到的低音炮，據言條後來坦承，他覺得這樣更容易勾搭到林爾酒。

哼，果然就被勾搭上了。

勾搭到後就沒聽見過了。哼！

這種聲音聽著又起雞皮疙瘩，又能讓耳朵懷孕！

林爾酒打了一個愉快的哆嗦，然後搖搖頭。害怕另一半這樣的理由有些難以啓齒。但是，坐在前面的司樂並不難以啓齒，他替林爾酒說了：「嫂子怕你凶他，嫂子欺軟怕硬。」

「胡說！」林爾酒紅著臉拒絕承認。

「明明就是，表哥你態度一放軟，嫂子就能上天堂，你態度一強硬，嫂子就能從天上摔下來。公司裡人人都這麼說的。」

前幾天林爾酒離家出走的事，讓司樂從他們公司員工裡瞭解到很多關於表哥和嫂子的八卦。比如嫂子一想被哄就離家出走，比如表哥一生氣嫂子就慫了。他還加入了公司的八卦群組，下注了嫂子下個月還會再離家出走。

但目前大概要賠錢了，表哥失了憶，嫂子總不至於讓一個失憶老公去哄他。

言絛笑了好幾聲，低沉的聲音已經快讓林爾酒的耳朵生下孩子了。他低著頭跟言絛解釋自己不是那樣的。言絛往後靠在椅上，反問：「那你是什麼樣的？」

林爾酒這才又有精神了，爲了防止司樂聽到他說的話，特意湊到了言絛的耳朵旁邊，小心不碰到言條頭上的紗布悄聲說：「溫柔賢慧，聰明可人。」說完臉紅著坐在一旁，不敢看言條。

言條若有所思。林爾酒一會兒過後，還做賊似地問言條：「你相信我說的嗎？」

圓鼓鼓的眼睛，乾淨澄澈，言條看到了眼裡只有他的林爾酒。

言條心裡一軟，揉了一把林爾酒的腦袋，「我信。」

林爾酒開心一笑，滿意地抱住言條的手臂，「言條。」

「嗯？」

「你現在什麼都不記得了，是不是很害怕？你別怕，我會陪著你。我會一直陪著你的。」

林爾酒溫不溫柔還有待商榷，但他的聲音和話語聽了真的讓人心頭一暖。只是簡單的一句話，言條感覺自己空蕩蕩的心忽然間就被填滿了。

「你幾歲？」

這麼突然的提問讓林爾酒有些摸不著頭腦，「二十六。」

二十六？他也二十六歲，看來是正常戀愛，不是強娶豪奪。

這麼好的媳婦，他開始有點羨慕沒有失憶的自己了。

第5章　日記本

回到家後，言倏一直跟在林爾酒後面打量著整間房子。房子不是很大，有沙發、茶几、電視、飯桌，地上還鋪著地毯。

林爾酒將家裡的燈全都打開，燈色是暖色調的，照著整個空間，顯得特別溫馨。

有點熟悉，但又什麼都不記得。

林爾酒又拉著言倏到主臥室去，主臥是偏冷調的，比較典雅大氣。

很難想像這兩種風格的裝潢竟然會出現在同一個家。

林爾酒指著牆上的照片說：「你看，我們的結婚照。」

言倏看了過去。

照片裡是兩個穿著同款西裝的男人，兩人緊緊靠在一起。個子稍微矮點的男人面無表情，直勾勾地瞅著鏡頭，言條看了一旁他旁邊的林爾酒。

嗯，是本人。

是緊張嗎？

林爾酒注意到言條的目光後，抱怨說：「照了那麼多照片，結果竟然留了這一張。你的怎麼那麼好看！」

言條的照片規規矩矩的，嘴角微微上揚，他可以從這張結婚照裡看出來自己當時應該是很開心。

「很可愛。」

聞言，林爾酒忽然鼻頭一酸，他記得剛拿到結婚照的時候，言條也是這麼說的。言條給他的感覺好像什麼都沒變，但事實上，失憶的言條確實把他們這麼些年來的事情全都忘了。

比如，他抬起手臂時，言條都不會主動來抱他了。

但沒關係，之前自己的脾氣太差了，老是讓言條操心，還經常離家出走。現在他會當一個乖巧聽話的小棉襖，讓失憶的言條感到無比溫暖。等言條恢復記憶了，他要讓言條好好誇獎他這個小棉襖。

林爾酒沒等到言倏的抱抱，只好自己走過去，抱住了言倏，還很不要臉地說：「言倏，其實，我是你最喜歡的小棉襖。」

言倏眼眸一彎，回抱著林爾酒，「我猜到了。」

林爾酒臉不紅心不跳地說：「那等你恢復記憶了，一定要好好補償我。」

我現在好懂事呢。

言倏也覺得確實要補償他的小棉襖，「怎麼補償？」

林爾酒在言倏的懷裡想了好一會兒，然後臉一紅，「反正你記得補償就好了，現在告訴你也沒用。」

言倏：「……」

怎麼感覺現在的林爾酒不是很像小棉襖了。

一定是錯覺。言倏淡定地想。

林爾酒趁著言倏熟悉家裡環境的時候，打算去廚房做一頓大餐給言倏，讓言倏明白這個家沒自己不行

林爾酒先看了一下冰箱，冰箱門邊上擺滿了優酪乳，但是裡面空空的。林爾酒將冰箱一關，他想起來了，言倏出差兩天，今天是第三天了，沒有老公的他從

不在意裡面放了什麼，只要有喝的就行。

所以，言倏在週五那天晚上就已經將家裡那點存貨全都給清空了？

混蛋言倏！

竟然不知道補貨！

林爾酒只好決定自己去買菜。

他去書房跟失憶後的言倏說了一聲，言倏開口說：「一起去吧。」

林爾酒指著自己的頭，示意言倏頭上纏著的紗布，「不行，你得多休息。」

林爾酒很堅定地不肯讓言倏出門，言倏只好放棄，坐到沙發上去等林爾酒。

林爾酒找來了一大推他們的日常照片相冊還有一個箱子，想給言倏解悶。

他賊兮兮地將箱子放在言倏的腳邊，「這是你的日記本。」

言倏還沒來得及翻看相冊，顯得有些震驚，「我寫日記？」

林爾酒點點頭，將鑰匙給言倏，「天天寫，寫完就鎖在櫃子裡，不給我看。」

言條接過鑰匙，好奇地問：「你有鑰匙卻沒偷看過？」

林爾酒很傲嬌地揚起了下巴，「你不給我看，我就不看。」說完又賊兮兮地過去，「要不要我陪你一起看？我們一起生活了三年，要是你看到不明白的段落，我可以幫你解說。」

言條微微一笑，將鑰匙握入手心，意思不言而喻。

林爾酒垮下肩膀。

「正常人誰會寫日記啊！你肯定就是日記寫多了，現在才會發生失憶這種狗血劇情的！」

林爾酒一邊說著，一邊很不情願地穿上鞋離家去買菜了。

第6章　想要你偷看

等林爾酒拎著一大袋回來的時候，言絛已經將箱子打開，並且挑了一本坐在沙發上看著。剛到門口的林爾酒眼睛一亮，隨手將袋子放在地上，鞋子一脫也不穿拖鞋了，直接就跑了過去。

「老公，我也一起看！」

言絛握著日記本的手一僵，還沒從這一聲「老公」回神，便聽到「撲通」一聲，不遠處的林爾酒一下子摔倒，整個人趴在地毯上！

言絛放下手裡的日記，連忙走了過去。

還沒等言絛開口說什麼，林爾酒人還趴在地上，一雙手就已經先舉起來了，「先說明，我不痛喔，你不要罵我不會走路！」

言絛蹲在地上，扶著林爾酒站起來，本來也沒打算罵人的他嘆了口氣，「我現在終於知道家裡爲什麼要鋪地毯了。摔痛了嗎？」

林爾酒扶著言倏起身後，很諂媚地一笑，拍了拍身上不存在的灰塵，又屁顛屁顛跑到沙發上，要跟言倏一起看日記。

「我看是不痛。」

言倏小聲嘀咕著，又指著門口處的菜，問林爾酒是不要它們了嗎？

林爾酒坐在沙發上已經急得快死掉，他又跑過來拉著言倏，「你都失憶了，那些不是你該關心的事。我們一起看日記！」

言倏被林爾酒拉到沙發上，他先前翻看的是一本最舊的日記，封面已經有些泛黃，現在就放在沙發旁邊。

林爾酒趴在言倏的肩膀上，亮著一雙眼睛，示意言倏繼續。

言倏也沒制止林爾酒在自己肩膀上撒野，「我猜，我都把鑰匙放在你知道的地方了，應該是很想要你偷看的。」

林爾酒有些莫名其妙，歪著頭看他老公的側臉，好想親喔。

忍住！

「什麼意思？」

他又看看言條手裡的日記本。

緊接著言條就打開了第一頁，一股舊書氣息撲面而來。

看到一個特別可愛的小室友，柔柔弱弱不能自理，我才知道，什麼叫一見鍾情。

——二〇一四年九月四日（喜歡林爾酒的第一天）

林爾酒看完這句，一下子不動了。

言條後來有跟他說過，對他是一見鍾情、見色起意。但是這是二〇一四年啊，二〇一四年，他才上大一，九月四號，才剛剛認識言條。

他看看言條，又看看日記本。

好老的日記本。

言條指著「喜歡林爾酒的第一天」這幾個字說：「字體顏色不太一樣，這應該是後來補上的。」

說完又翻到了第二頁。

原來小室友是爲了不去軍訓故意用冷水洗澡，把自己弄感冒了，還一本正經地傳授經驗給我，怎麼這麼可愛？

——二〇一四年九月五日（喜歡林爾酒的第二天）

後面的「喜歡林爾酒的第二天」跟前面的字跡也不一樣，也是後來補的。

林爾酒本人不懶洋洋地趴在言倏的肩膀了，手伸了過去，十分嚴肅地走馬看花翻著日記本，一直翻到了最後沒寫東西的那一面。

空白的紙頁上寫著：「林爾酒小朋友要是可以看到這裡，記得從現在要開始寫日記給言倏哦。」

林爾酒怔了半晌，忽然就明白了，眼眶一下子有些濕潤。

他就說嘛，爲什麼言倏放了鑰匙還跟他說一聲，他還以爲言倏是在考驗他呢。

煩耶，就會玩這些小心機來攻擊他的智商！

看到林爾酒一下子掉了淚，已經失憶的言倏，頓時就有些不知所措了。

他替林爾酒擦著眼淚，「我失憶前應該很愛你的，寫這個日記的目的也不是要讓你哭。」

林爾酒還是想哭，「你、嗚……怎麼這麼會啊！」

言條認眞地說：「要不要等我睡著了，你問問我？」

哼。

他眞的會問！

但現在他是小棉襖，不能做出這樣的事。

等林爾酒哭夠了之後，一鼓作氣要將言條的日記本全部看完，但言條提醒林爾酒，門口還有一大袋菜。

林爾酒想起來了，他還要做滿漢全席。

林爾酒又跑去拎大袋子。言條在後面看著有些擔心，「走慢點，又沒人催你。」

言條跟著林爾酒走到了客廳，注視著林爾酒將一瓶可樂和一瓶雪碧放進冰箱。冰箱門邊上是優酪乳之類的飲品，現在突然多了兩瓶碳酸飲料，略顯格格不入。

言條將林爾酒才放進去的可樂和雪碧拿了出來。

林爾酒茫然地看著言條。

言條說：「不能喝這些吧？」

林爾酒看看言條手裡的兩瓶飲料，又看看言條本人，若無其事將冰箱門關上，完全沒有詢問言條的意思，拎著買來的菜往廚房走去，還小聲嘀咕著：「不是失憶了嗎？怎麼還管東管西的？」

言條將兩瓶飲料扔進了垃圾桶，「下意識吧，見不得你喝這些玩意兒。」

還挺乖的。

特別乖的林爾酒在廚房大顯身手，把試圖來幫忙的言條趕了出去。

「你等著吃就行。」

「你要等油熱了再下鍋。」

林爾酒完全不想聽言條的建議，只推著人往廚房外走，「我天天在家煮飯的，比你懂！而且你都失憶了，還記得什麼？」

是嗎？

這不是常識嗎？

言條坐在客廳的餐桌那裡，眼睛緊盯著林爾酒在廚房忙碌的背影，越看眉頭皺得越緊。

「你開一下抽油煙機！」

言倏在外面提醒。

「知道啦知道啦！厲害的人煮菜都是不用抽油煙機的。」

言倏開始真心懷疑林爾酒到底會不會煮菜，就他這個樣子，自己以前怎麼敢放心讓林爾酒煮菜的？

第7章　小棉襖

林爾酒在廚房忙著，堅決不讓言倏進去，言倏只好又回去將沙發上那些東西收拾一下，把日記本重新裝進箱子裡，還有相冊。

林爾酒大概拿錯了相冊，裡面的照片都是他稀奇古怪的樣子，比如俯拍的角度，比如他蹲坑的照片、洗澡剛出來的照片等，但也偶爾夾雜著幾張正常的照片。

言倏不知道自己失憶前看到這些會是什麼反應，但他現在很想去問問林爾酒，這些都是什麼特殊癖好？

只不過他想了想，如果真的問了，林爾酒可能會說些他認爲這些照片特別好看之類的話吧。

言倏覺得，瞭解林爾酒好像是一件很簡單的事。

言條將相冊收了起來，沒還給林爾酒。這東西既然被他知道了，就不能再給林爾酒了。

他去了書房，看見書櫃上面擺了書籍，將相冊放進書櫃下面的抽屜裡。

一打開抽屜，又看到了一個很厚實的本子。

這又是什麼陳年老日記本？自己怎麼會這麼喜歡寫日記？

言條將相冊集放在了裡面，又將本子拿了出來。

翻開書封，裡面寫了很潦草的幾個字：『酒酒離家出走記』。

言條挑眉，不是日記？

「酒酒？」言條無意識地喊了一聲，內心霎時湧上暖暖的熟悉感，但腦袋裡什麼記憶都沒有。

林爾酒嗎？

一對甜蜜的夫夫，肯定不是叫全名的。他叫林爾酒「酒酒」，那林爾酒叫他什麼？

言條突然想到了林爾酒剛回來脫口而出的一句「老公」，耳朵一下子有些發紅。小棉襖還挺開放的。

「第一次離家出走。拎著一個行李箱，發了一大串話給我，委屈巴巴又很囂張，最後附上了一個地址。嗯，定位是在隔壁社區不遠處的公園，所以不是眞的想離家出走，只是想要我去找他。果然，看到了我之後連行李箱也不要了，最後還是我拎著的，眞重。做戲還眞是做全套，裡面塞的全他媽的是我的衣服，回家還得慢慢整理。眞是我貼心的好媳婦。」

言條看到這裡笑了出來，還挺可愛的。

又翻了一頁。

「時隔一個月，酒酒的第二次離家出走。相同的招數，發了一大堆委屈又很囂張的話，末尾留上地址，跟第一次一樣的地方。我已經做好去接他回來的準備了，希望這次他沒在行李箱裡放我的衣服。眞棒，我的小媳婦眞聽話，這次是空的行李箱了。」

「第三次離家出走很快來了，這次連跳土風舞的阿姨都認識他了。這個媳婦，我決定稱之爲小祖宗。在阿姨面前也不知道說了什麼，搞得我去的時候，阿姨對我露出曖昧的目光，還要我多運動。」

「第四次離家出走了。這個時候我已知道爲什麼阿姨對我露出曖昧的目光。小媳婦造謠我天天『欺負』他，他太累了。這種容易誤會的話，吃過那麼多米的阿姨怎麼能不想歪？但我並不懷疑那是我媳婦故意說的，因爲我親耳聽到了：『他天天就只會欺負我，我好累的，家裡的……』他還沒說完，阿姨就看到了我，又對我投來曖昧的目光，但我知道我媳婦接下來是要說：『家裡的活都是他一個人幹的。』嘖，他在家跟個大爺似的，只有昨晚讓他拖了個地。哎，誰家媳婦誰家寵。」

「言條！吃飯啦！」

言條正要再翻一頁，就聽到了林爾酒洪亮的聲音，他又將本子放回了遠處，連帶著相冊一起瞞著林爾酒。

言條走出去，看到端著菜的林爾酒，有些恍如隔世的感覺。

「他在家跟個大爺似的，只有昨晚讓他拖了個地。」

言條不可避免又想到了日記裡的內容，再看了看林爾酒手裡端著的那盤很難看出是什麼的食物，忽然就不餓了。

「我去拿碗。」

言條邁開腿，正要往廚房走去，又被林爾酒攔下了。

「你在家都是不做事的，我不能仗著你失憶就欺負你。」

林爾酒一本正經說著，還拉開椅子讓言條坐下。

「是嗎？」

林爾酒見不得這種懷疑的目光，彎著腰湊到言條面前，很嚴肅地說：「當然，我可是你的貼心小棉襖。」

林爾酒話音剛落，言條就笑了好幾聲。

「你笑什麼？你不信我？」林爾酒很激動地問。

「沒有，去拿碗。嚐嚐你的手藝，看看能不能幫我恢復記憶。」

林爾酒又高興地去廚房拿碗了。

但，這些飯菜真不是人吃的。

言條吞一口下肚都難，但他在林爾酒期待的眼神下，每一個菜都嚐了一遍。紅燒魚已焦黑了，排骨卻沒熟還甜得要死，馬鈴薯沒爛，但全是醬油味，還有一碟不知道什麼東西的菜。

言條放下了筷子，決定不要委屈自己的胃了。

林爾酒在一旁托著臉蛋，催促著言條：「怎麼不吃了？」

言條拿起林爾酒放著的筷子遞給了他，「嚐嚐。」

林爾酒抿嘴一笑，「我吃不吃都無所謂，主要是你多吃點。」

言條堅持示意林爾酒嚐嚐，林爾酒「哎呦」一聲，夾了塊排骨，「言條你真好，還怕我餓肚子。」

言條一點也不好。言條心想。

然後林爾酒表情就全變了，他將到嘴的排骨吐進了垃圾桶，然後又一個個嚐了其他菜，接著無一例外，全部都進了垃圾桶。

林爾酒偷偷瞥了眼言條，言條正笑著看過來。

林爾酒吞了吞口水，「這是意外，五星級大廚也有……有失手的時候，我也只有平時在家做飯給你的。」

言倏挑眉，「全都失手了？」

林爾酒繼續厚著臉皮解釋：「雖然說出來很假，但是就真的……都失手了。」

還裝。

言倏也不戳穿林爾酒，只問林爾酒現在怎麼辦。

林爾酒立刻開手機點外送的動作看起來十分嫻熟。

林爾酒依然不讓言倏進去廚房，但言倏趁著林爾酒去拿外送的時候，偷偷看了一眼。

跟戰場有得一拚。

果真是小棉襖——穿著軍裝大衣的小棉襖。

第8章　酒酒和老公

林爾酒廚房收拾已經一個多小時了還沒結束，過程中還是死活不肯讓言倏進去。言倏看破不說破，打了一個電話給司樂，問問公司的事。

雖然失憶了，但他背後還得養活一大群人。

「公司裡除了我能做決定，還有誰值得信任的？」

「我？」

言倏沉默半晌，看了眼收拾廚房的林爾酒又站在那裡發呆了。言倏覺得他媳婦眞的很可愛！

看完媳婦後，言倏才回答：「除了你。」

司樂完全沒有覺得自己是被嫌棄了，「哦」了一聲後說：「那就趙景副總了。但是……」司樂有些糾結地說：「他經常不在公司，前幾天好像又去馬爾地夫了。」

怪不得還只是個副總。

言條掛了電話後，敲了敲廚房門，門是透明的，只見林爾酒如驚弓之鳥般連忙脫下手套，打開門推走言條。

「廚房不是你該來的，知道嗎？」林爾酒很嚴肅地說。

但越是嚴肅，言條越想笑。

「像你這樣十指不沾陽春水的大少爺，就應該乖乖被我照顧。」

言條有點懷疑這是自己說過的話，但他沒證據。

林爾酒一路將言條推到了沙發，抱著言條的手臂問：「找我幹什麼呀？」

是真的很可愛哪。

言條看了一眼被林爾酒緊緊抱著的手臂，又不經意將視線移到了林爾酒的臉上，「趙景是什麼樣的人？」

林爾酒疑惑又有些吃味，「怎麼突然問起他了？」

「我什麼都不記得了，公司的事總得有人處理。這麼說吧，你覺得趙景可以信任嗎？」

林爾酒將臉蛋埋在言倏的手臂上，有些感動的說：「言倏，你好信任我，一點也不怕我是商業間諜。」

言倏垂眸瞅著正在撒嬌的林爾酒，要是商業間諜都像林爾酒這樣，那大概所有公司都是憑本事破產的了。

林爾酒感嘆完說：「絕對是可以信任的。你跟趙景一起長大，後來還一起創業，感情比我這個另一半還更要好。」說著說著林爾酒又吃醋了。但馬上又覺得身爲小棉襖不能因爲這種小事就吃醋的，又替自己解釋：「我的意思是，你跟他關係很好，都快趕上我了。」

言倏揉了揉林爾酒的腦袋，「誰也比不上你。」

哼，那當然。

林爾酒心裡暗爽，「還有什麼要問的嗎？我還要去洗碗呢。」

洗了一個多小時的碗？

言倏沒拆林爾酒的臺，只是打趣著問：「你跟我在一起的時候會耍脾氣嗎？」

這種問題林爾酒完全不需要經過大腦思考，張口就說：「怎麼可能。只有你才愛跟我耍脾氣呢，我都是哄你的那個。」

言倏愣了一秒，反應過來後，忍笑問：「比如？」

林爾酒認真抱怨：「你特別喜歡離家出走，老是讓我去找你，都累死我了。」說著裝模作樣地還捶了捶腿。

言倏這次是真的沒忍住，轉頭笑了起來，笑得林爾酒都慌了。

「老……言倏，你是不是不相信我？」

言倏搖了搖頭，聲音裡還帶著隱忍的笑意，「沒有，只是想到我竟然也會離家出走，挺搞笑的。」

林爾酒也笑了起來，「哎，也就只有我能包容你了。我去洗碗啦。」

林爾酒又起身往廚房走去，但言倏又把林爾酒叫住了。

「還有問題要問我嗎？」

言倏淡定地說：「以後要是想叫老公就叫吧，我不排斥。」

林爾酒小臉一瞬間紅了，他站在客廳中間，撓撓頭，突然就害羞了，「哦，老公。」

「嗯，酒酒。」

聽到這句，林爾酒的腳步都飄了，言倏叫他「酒酒」了！言倏平時都是叫他

「小祖宗」、「小朋友」、「小侄子」之類亂了輩分的，都不叫他「酒酒」的。

其實，他不怎麼叫言條「老公」的，都是直呼全名，或者都是言條叫他什麼，他按照言條的輩分回應，但如今的言條好像誤會了，誤會自己一直叫「老公」。

這一天天過下去，有多害羞啊！但要是不喊，言條會不會覺得自己不重視他？那還是勉爲其難喊吧，就十句言條裡，夾著一聲「老公」。

言條這樣，是不是說明已經把自己當成他心裡的小棉襖了？他林爾酒終於正式成爲老公心裡的小棉襖了！

一輩子沒當過小棉襖的林爾酒，更賣力地刷起了已經不知道糊成什麼樣的鍋子。

另一邊的言條從手機裡的聯絡人找到了趙景的電話，撥通了之後，直接要正在馬爾地夫的趙景趕快回來。

趙景有點想要拒絕，「我才剛來兩天，哪有旅遊只玩兩天的。」

言條直說：「我失憶了。」

電話那邊忽然沉默了，過了好一會兒，才有些遲疑地說：「老言，你這麼成熟穩重的人，沒必要用這種手段騙我回去吧？」

言條和善地說：「不回來的話，就等著公司破產吧。」

「……算了算了，最晚明天回去。兄弟，你要是騙我的話，我就把你媳婦拐走。啊，你失憶了，那你還記得你媳婦嗎？」

言條沒回話。

不記得了，但是心動還在。

而且他的媳婦目前應該拐不走，正忙著當他的小棉襖呢。

第9章　太多貼心

第二天，言條的生理時鐘在六點鐘自然醒，眼前對面的牆上沒有結婚照，這裡是客房。

貼心小棉襖，考慮了很多呢。

他的記憶回到了昨晚——

晚上準備休息的時候，言條原本便打算跟著林爾酒睡主臥室的，哪知林爾酒小棉襖突然抱著一床被子就要出去。

言條攔住了林爾酒，順勢將他懷裡的被子拿了過來，「去哪？」

林爾酒昂著腦袋說：「我去睡客房。」

眼看言條還有些迷茫，林爾酒繼續解釋：「你失憶了，跟我同床共枕肯定不習慣，所以，這幾天我就先搬去客房睡。」

言條：「……」

並沒有。

言條看著上一身乳牛圖案睡衣的林爾酒，頭髮軟軟地垂下，揚著頭露出一雙又無辜又澄澈的眼眸，整個人都有一種很軟萌好欺負的感覺。

「一起睡沒關係。」言條很平淡地開口。

林爾酒皺著眉頭反對，「不行。你現在屬於什麼都不記得的狀態，如果身邊貿然睡了一個人，要是半夜裡醒來嚇到，會對心理造成很嚴重的影響。」

言條：「……」

夜裡醒了我會把你摟進懷裡的。

林爾酒見言條不說話，又條條是道地闡述了分房睡的好處，全方位展現了小棉襖的善解人意。

言條覺得很不高興，儘量克制著，掐著被子就只問林爾酒客房在哪。

林爾酒此時正沉浸在扮演小棉襖當中，完全沒有感覺到自家老公有些生氣了，還替言條開了門，爲他帶路。

「你還滿貼心的？」

林爾酒瞬間就不好意思地笑了，抓了抓頭，搶先走在前面，「我一直都這樣啊。」

言條聞言，突然很想把那本《酒酒離家出走記》扔到林爾酒懷裡。

到了客房後，簡單鋪好了床後，言條跟著林爾酒躺上床後就不走了。

林爾酒滿頭問號。

「我睡了。」

「言條！你不是睡這裡的！」

言條瞥了一眼已經躺在他旁邊的林爾酒，閉上了眼，「不想動了。」

林爾酒沉思片刻後「哦」了一聲。

然後言條就真的聽到了林爾酒窸窸窣窣爬起來的聲音，還很細心地把燈關了。

言條：「……」

他想寫日記了。

時。

此時言條一覺醒來，感嘆了一番隔壁的貼心小棉襖後，又勉強再睡了一個小時。

等七點多的時候才爬了起來，簡單洗漱一番，走進了廚房。

嗯，很乾淨了，不虧是花了兩個多小時打掃的。

言條用昨天林爾酒剩下來的菜色簡單做了早飯，隨後敲了敲房門。

沒動靜。

「我進來了。」

言條推門而進，眼前的情景卻讓他想揍林爾酒了。

只見床上那人被子掀到了一邊，整個人沒有一個地方在被子裡，小肚皮還露在外面。言條走過去不動聲色摸了一下林爾酒的肚皮，軟軟的，但是有點涼了。

他替林爾酒將衣服拉好，又把被子蓋上。過程中林爾酒毫無動靜，只睡得死死的。

言條湊過去喊著：「酒酒？」

林爾酒正夢到他老公恢復記憶後，一直不停誇他懂事了能幹了，還要買坦克給他開。

夢裡的林爾酒矜持著說：「為什麼要買坦克？現在可以買到坦克嗎？」

夢裡的言倏立刻將他的信用卡都拿了出來，沒有回答林爾酒的問題，「你不是喜歡玩坦克大戰手遊嗎？破產就破產了，我買了兩輛。我再買個小島，我們去玩眞人版的坦克大戰！」

林爾酒聞言腦袋一熱，拉著言倏立刻就要去買。才走出門，他就看到了明晃晃的天花板，還有言倏本人。

林爾酒揉了揉眼睛。

「醒了？」

林爾酒迷茫了片刻，「嗯」了一聲，聲音還有點啞啞的，就起身摟住了言倏的脖子。

言倏一下子僵住了，雙手忽然就不知道該放在哪裡。

「老公你好笨啊！我就比你聰明好多。」林爾酒閉著眼睛向言倏回饋他的夢。

夢裡的言倏一點也不聰明，像土財主家的傻兒子。

但言倏失憶了，抓不到林爾酒的點，也不知道林爾酒是做了夢，只能說：

「起來吃早飯吧。」

林爾酒又「嗯」了一聲，在言倏的懷裡蹭來蹭去的，「不吃，你餵我。」

言倏一愣，林爾酒這是睡糊塗了。

言倏配合地問：「怎麼餵？」

林爾酒哼哼一笑，摟緊了言倏的脖子，「我不說。」

眞可愛。

第10章　吃醋

林爾酒簡單吃完飯後，又陪言倏去了一趟醫院複診，檢查結果還是顯示沒什麼問題。

林爾酒鬆了一口氣，跟著言倏一起去了公司。

言倏問：「今天不用工作嗎？」

言倏還記得昨天遲了兩小時才來的林爾酒，下午都沒去上班了。

林爾酒跟在言倏旁邊，一臉嚴肅地說：

「我請假了幾天，得照顧你。」

還沒等言倏說話，司樂從公司下面狂奔著過來了，「總裁表哥，副總已經來了。」

言倏「嗯」了一聲，司樂已按好了電梯。

電梯裡，司樂一臉苦惱。

「表弟，你怎麼了？」林爾酒好奇地問。

司樂瞬間就跟林爾酒吐苦水：「我先聲明，我不是要說人壞話啊！」

林爾酒更好奇了，「嗯嗯不是，怎麼了？」

司樂嘆了口氣，壓低聲音只對著林爾酒說：「趙景副總一來，就調戲了咱們公司新來的員工，搞得新來的員工都無心工作了，而且他……」

司樂說一半就沒聲音了。

言倏對兩個小朋友的聊天對話完全不感興趣，只盯著電梯的層數。

林爾酒則非常好奇。

司樂捂著臉悶悶地說：「……他還調戲了我。」

林爾酒恍然大悟，但明顯不能跟司樂共情，在電梯門開的時候還拍了拍司樂的肩膀小聲說：「這表示你長得也夠好看，應該開心？等會兒我去見見趙景，看他會不會調戲我。」

司樂呆住了，還能這樣？

被瞞在鼓裡不知情的言倏停下腳步，等著沒跟上來的林爾酒。林爾酒又拍了拍司樂的肩膀，跑了過去。

「你在等我啊？」

有點感動。

「我不認得路。」

又不感動了。

在工作上面，林爾酒是完全幫不上忙，但做爲貼心小棉襖，不能只待在沙發上玩手機。

辦公室設計風格是偏冷色調的，但多出來的暖色調沙發跟整體風格完全不合。那是林爾酒專門買的，爲的就是他不上班來找言倏的時候能有一個地方躺著。

只是現在他明顯不能躺下去，還得裝作沙發不是他買的。

好在言倏也沒多問，只是跟趙景一直在說公司的事。

林爾酒沖了一杯咖啡，想了想又沖了一杯。小棉襖不能放過任何一個細節。

他端著兩杯咖啡送過去給言倏和趙景。

趙景接過咖啡的一瞬間，直接被自己的口水給嗆到了，「謝謝啊。」有些受寵若驚。

林爾酒微微一笑，「不客氣。」

言條倒是很心安理得接過了林爾酒給他的咖啡，趙景用手肘撞了撞言條，側著臉低聲問：「你跟你媳婦，到底誰失憶了？」

言條挑眉，喝了一口，「你猜？」

趙景不想猜。

但接下來他看到林爾酒時不時過來對言條噓寒問暖：「餓不餓、渴不渴、冷不冷、累不累。」

這就算了，還順便問候自己？

言條的好心情也被林爾酒的「順便」給弄沒了，他直接叫趙景先出去。

林爾酒還溫聲地跟趙景說拜拜。

趙景嚇得腳步都有些紊亂了，用眼神告訴言條：我真的沒有勾搭你媳婦的想法！

趙景走後，辦公室就只剩下言條和林爾酒兩個人了。言條儘量將自己的爛心情憋住，「酒酒。」

林爾酒笑眯眯的，正要表現自己的乖巧，就見老公的臉色很難看，好像是生氣了？

「怎……怎麼了？」林爾酒一下子就慫了。

言條也不說話，起身將林爾酒圈在懷裡。林爾酒靠在辦公桌邊，有些茫然，眼睫毛無措地眨呀眨。

言條看著這模樣的林爾酒，心就一軟，伸手就捂住了林爾酒的眼睛，不讓他的眼睫毛亂動，冷聲說：「林爾酒，你不能仗著我失憶了就亂來，知道嗎？」

林爾酒的眼睛被捂住了還不老實，小聲反抗：「我很老實的，我還是你的貼心小棉襖。」

林爾酒誓死不忘他小棉襖的身分。

言條也沒戳穿，低聲警告：「既然知道的話，那就乖乖做我的小棉襖。」漏不漏風都無所謂，是他的就好。

林爾酒揉了揉耳朵，「哦」了一聲，被言條認可的小棉襖還有些愣愣的。

言條，有點反常呢。

言條，只有吃醋的時候會跟以前不一樣。

所以，言條吃醋了？

言條吃什麼醋啊？

林爾酒仔細分析了一下自己今天上午都幹了什麼，難不成是跟司樂表弟說悄悄話？

不會吧？

他之前也經常跟司樂表弟說悄悄話，也沒見過言條吃醋。

林爾酒又想了一會，難不成是倒了杯咖啡給趙景？

林爾酒越想越覺得沒錯。他現在是小棉襖，所以會倒咖啡給言條，但之前他不是，從來沒有主動端茶倒水給言條的，自然也就沒有趙景的份。

所以，言條是吃醋他倒咖啡給趙景了。

不對啊！這應該是失憶前的言條該吃的醋，跟失憶後的言條有什麼關係？

第11章　一起睡

第二天，林爾酒又跟著言倏來了公司，這次沒倒咖啡給趙景了。沒收到咖啡的趙景大大鬆了一口氣，但他還在提心吊膽，爲了防止林爾酒對他的過度關注，草草跟言倏說了幾句後，立馬就跑了。

兄弟失憶後沒什麼變化，但兄弟的媳婦變很大！

只是躲得了初一，躲不了十五。林爾酒天天跟言倏待在一塊，只要他出現，總得接收到他兄弟媳婦的關心。

趙景仰天嘆息，他是正直的好人啊！

趙景有苦說不出。路上碰到了往言倏辦公室而去的司樂，一個沒忍住把人叫住了。司樂的衣服領子有些歪掉，有強迫症的趙景受不了了，他已經連續一個星期看到領子很歪的司樂了。

「表弟，你這衣服領子有問題。」說著便上手替司樂整理衣領。

司樂往後一退，跟隻小兔子似的。

趙景看了有些心煩，眼看著司樂臉漸漸紅了，突然想到這小孩是不是以爲自己在調戲他？

……他是老實人好嗎。

趙景也不打算解釋，正要走開，又看到司樂跟個小呆瓜似地撓了撓腦袋，低著頭走到他面前，看了他一眼，特別小聲說了句「謝謝」。

是「謝謝」。

趙景應該沒聽錯。

靠，這小孩腦筋還挺單純的？

司樂到了辦公室還有些興奮，在彙報公事之前，他又小聲跟林爾酒說：「我今天又被副總誇好看了。」

三分害羞，三分炫耀，還有四分故作淡定。

「……他直接說的？」林爾酒問。

司樂搖頭，摸了摸自己的領子，「酒酒，你那天不是跟我說副總調戲好看的人嗎？他今天調戲我了，不就說明他又在誇我好看嗎？酒酒，我還沒被人誇過好看呢。」

司樂長得並不差，但無奈身邊的人都比他帥。親戚是言倏，室友是校草，新認識的好朋友是林爾酒，令司樂也就顯得平平無奇了。

平平無奇的小帥哥，也沒人誇了。

林爾酒目露愧疚，但是強裝正經，他好像傳遞了錯誤的價值觀給表弟，只好硬著頭皮說：「調戲是一種不好的行爲，這種誇獎我們絕對不能接受。」

司樂茫然了一秒，有些挫敗，但挫敗之下還有竊喜。總歸是被誇嘛！

司樂向言倏彙報著工作內容，林爾酒就坐在一旁百無聊賴地趴在桌子上，反正也聽不懂。

等司樂走了後，言倏跟林爾酒說：「一週了，要是無聊，就去上班吧。」

林爾酒又撐起了下巴搖頭，「我請了一個月的假呢。陪老公怎麼可能無聊。」

一本正經地脫口而出。

言絛脣角微微上揚，裝作不經意問：「酒酒，你確定一個月過後，你還有班能上嗎？」

林爾酒哼哼笑了好幾聲，又趴在了桌子上，離言絛更近了，「我很厲害的。老闆還怕我不去了呢。」

言絛順勢揉了揉林爾酒的腦袋。行，他媳婦厲害。

但再厲害的媳婦，晚上也不想自己一個人睡了。

他抱著被子在言絛的房外徘徊。

言絛此時正在書房寫日記。

是的，寫日記已經刻入言絛的骨髓裡了。等他從書房出來也快十一點了。

林爾酒看到言絛的時候眼睛一亮，然後又將臉埋在被子裡，卻眨著眼不好意思開口。

言條很快就明白了，但沒有問，進了房間堵在門口，「酒酒，我要睡覺了。明天得早起呢。」

林爾酒「嗯」了一聲，還故意往前面移動了一點，讓被子卡住言條的門，就是不肯走。

「酒酒？你這樣我的門關不上。」

林爾酒沒辦法了，抱著被子低著頭就往言條房間衝，「言條你變笨了。」

言條把門關上，「我怎麼變笨了？」

林爾將被子放在床上，沒有回答這個令人尷尬的問題，而是轉身抱住了言條，「一週了，你已經能適應跟我同床共枕了吧？」

言條故作認眞地說：「一週了，酒酒不是應該習慣一個人睡了嗎？」

那怎麼可能！

林爾酒緊緊抱著言條，跟個癡漢似地嗅著言條身上的味道。

「才不會習慣呢。我好想你，以前都是一起睡的，你都會抱著我。現在都沒人抱我了，我好寂寞，而且……」

林爾酒說到一半沒說了。

「而且什麼?」

林爾酒又蹭了蹭言倏的肩膀，聲音特別小，但言倏還是捕捉到了那句話。

「行不行呀?」林爾酒還在催促。

言倏沉默半晌才說：「把燈關上。」

林爾酒很聽話，把燈關上了，但還是被自家老公口頭教訓了一句：

「以後說話不准那麼粗魯。」

「好的。」林爾酒很聽話。關完燈後又抱住了言倏的脖子，在那裡嗅來嗅去。

小變態。

小變態接下來纏著言倏的腰不放，一直要求用力一點用力一點。

媳婦眞的很開放，但是開放的媳婦一次就趴下了。

「我好累啊，晚安老公。」

林爾酒鑽進了言倏的懷裡，眼睛慢慢闔上了。

還硬著的言倏無語問蒼天。

第12章　生氣

林爾酒的身體特別敏感，早上醒來的時候身上全都是紅點點。他倒沒什麼感覺，但言條明顯是害羞了。

林爾酒還想纏著他老公要個早安吻，但他老公竟然直接忽略他起身就走。眞像個渣男。

林爾酒對失憶的言條包容性很強，身爲小棉襖，他現在是不能生氣的，也不能無理取鬧，必要時還得反過來照顧言條。

只是還沒等到什麼照顧，言條就不理他了。

一樣是因爲李爾的事跟他生氣了，那人就是一直對言條圖謀不軌的傢伙。

李爾今天早上提了辭職信，言條看都沒看直接就簽了名。但林爾酒卻半路從司樂那裡搶了回來。

然後詳述了不能辭退李爾的原因。

李爾跟言倏是高中同學，以前高中的時候就跟言倏告白過，被言倏拒絕後就出國留學了，在國外大企業工作了好幾年才回國，回國後便要求在言倏的公司上班。

言倏本人是嚴厲拒絕的——這點值得表揚。

但李爾是言倏爸爸好友的兒子，爸爸開口要求言倏留下李爾。

林爾酒本來就已經不受言倏媽媽喜歡了，雖然言倏爸爸不討厭他，但也說不上喜歡。要是言倏再拒絕讓李爾來公司，言倏爸爸一猜就能猜到跟自己有關。

言倏跟林爾酒說過不會怪到他頭上的。但他每天都憂心忡忡，言倏看不下去，才把李爾留了下來。

所幸李爾雖然是財務經理，但言倏在一般狀況下從來不會跟李爾碰面，面對李爾的問候也很冷淡。

然而現在言倏失憶了，況且李爾離職可能跟之前言倏在醫院嗆他有很大的關係。到時候李爾去言倏爸爸那裡說個幾句，目前言倏仍處於失憶狀態，言倏爸爸肯定就會懷疑是林爾酒指使的。

他可能就要被言條爸爸討厭了。

但林爾酒跟言條說的時候，還是隱瞞了一點自己比較脆弱的內心戲。

所以聽到言條的耳裡就是：李爾是他爸爸好友的兒子不能走、李爾工作能力還挺出眾的、李爾雖然對你有想法，但是我相信你。

呵。

李爾。

林爾酒說著說著，還坐到了言條腿上，「小棉襖的屁股疼，需要充充電才能恢復。」他摟著言條的脖子，很不要臉地說。

言條的耳朵果然不自然地紅了，沒再追究林爾酒一直說李爾的事，還給林爾酒揉著腰。

「下次不許開黃腔。」言條再次警告。

屁股還挺軟的。

林爾酒哼哼一笑，「我不說了，別讓李爾走嘛。」

言條的臉又沉了下去，一直到回家也沒跟林爾酒說過話。

第13章　不生氣了

林爾酒也有做錯事的自覺性，但他習慣了在老虎頭上拔毛，回到家還拉了拉言條的袖子，在老公回頭看他一眼時小聲說：「能不能別同意李爾辭職？」

言條停下了腳步，低垂著眼眸看向林爾酒，「林爾酒，你今天一共提了李爾四十次，比你這幾天喊我名字的次數還多。」

林爾酒忽然被言條喊了全名，有些愣愣的，收回了手，侷促著問：「老公，你算得這麼清楚啊？」

他試圖透過喊老公來討好言條，但是言條面容依然冷峻。林爾酒這麼多天來，第一次感覺言條好像是真的生氣了。

「對不起。」林爾酒道歉得很及時。

「為什麼道歉？」

「我不應該一直逼你做事的。你要是想辭掉誰就辭掉誰，我下次再也不這樣了，你不要生我的氣。」

林爾酒說著說著眼眶就紅了，眉頭一皺，可憐極了，也讓言倏心疼了。

言倏嘆了一口氣，從冰箱裡拿了一瓶優酪乳給林爾酒。

林爾酒接過，躊躇著問：「你不生我的氣了嗎？」

言倏嘆息，「我怎麼可能生你的氣？只是我失憶了，如今我的生活裡只有你，但是酒酒，我感覺你心裡放了很多人。你可以跟司樂談心聊天，也可以對趙景噓寒問暖，現在這個李爾，你也能這麼放在心上。所以，我感覺到我們之間的不平等，但也明白是我的原因。這樣吧，讓我先冷靜幾天。」

言倏說完這段話，林爾酒就愣住了，他眨了眨眼，「不是這樣的……」

他眼睜睜看著言倏走進了廚房，再也不裝模作樣攔著了，他好像真的惹言倏生氣了。

林爾酒吸了吸鼻子，跑進去廚房幫忙言倏。言倏沒趕走他，但也沒招呼林爾酒做什麼。林爾酒也不再說平時在家都是他做飯的，老老實實當幫手，還時不時注意言倏。

「對不起。」

林爾酒揉著眼睛，看著言慘又道歉。

聲音啞啞的，很可憐。

言慘背影一僵，將菜倒入盤子中。

「酒酒，我說了是我的問題，不關你的事。」

言慘這麼一說，林爾酒更難受了。

「不是的，我總覺得你一點都沒變，跟以前一樣，不對，還比以前好騙了。我就是欺善怕惡，老公你揍我吧，你揍我一頓，我絕對再也不這樣了。」

林爾酒說著昂起腦袋，表情無比堅定。

言慘倒是笑了，端著盤子出去。

「我捨得？」

就會賣慘撒嬌。左一句老公，右一句道歉，他的心都快被林爾酒給融化了。

但言慘狠著心不理林爾酒。

林爾酒跟在後面拿著兩個碗和兩雙筷子，臉都皺成了一團，「那你要怎麼樣才能不一個人冷靜幾天呢？」

這一頓飯吃得特別安靜。

晚上言悠在書房裡繼續寫著日記：

『今天我跟小棉襖冷戰了，是我單方面的。我想要他來哄我。我很生氣，那個李爾哪裡來的？我醒來的時候，他就在醫院說小棉襖的壞話，現在他想辭職了，我還要挽留他？想得美。小棉襖這次露餡，棉花跑出來了，我很不開心。我說了一大堆不是出自本心的話，我怎麼可能想冷靜幾天。小棉襖就算棉花跑出來了也很暖和。但這次一定要讓小棉襖記取經驗。』

言悠日記寫完沒多久，一直沒等到林爾酒過來哄他，只好自己出去看看媳婦現在在做什麼。

客房沒有人，主臥室也沒有人。

言條在浴室找到了林爾酒，正背著他蹲在地上，好像是在洗衣服？

言條皺緊了眉頭，喊了一聲：「在做什麼？」

林爾酒聽到言條的聲音後整個背都挺直了，背影看起來更用力，頭也不回，「我在洗衣服。」

真的是在洗衣服？

「不是有洗衣機嗎？」還不止一臺。

言條走了過去。

旁邊還堆著一盆衣服，但是……

直覺告訴言條不太對勁，他走過去翻看了一下林爾酒臉盆裡的衣服，狐疑地說：「這些衣服……是乾淨的吧？」

好像還全是他的。

林爾酒搖搖頭，看起來很老實地說：「怎麼會？你總是把衣服放在房間忘記洗。這是你之前的髒衣服。」

本來是八分不確定，現在言條十分肯定，那些都是乾淨的衣服了。

「酒酒。」言條有點想拆穿林爾酒了。

林爾酒「嗯」了一聲，甩了一下手，「什麼事啊，我的手好痠。」

「算了，你洗吧。」

林爾酒乖巧地「哦」了一聲，邊搓還邊注意著旁邊的言絛有沒有走。

大概過了好幾分鐘，林爾酒裝作不經意地舉起濕衣服，「言絛你看，手洗的衣服真乾淨。」

「嗯。」本來就是乾淨的。

「那老公你可以一直理我嗎？我會天天替你手洗衣服。」

言絛覺得好笑又無語，林爾酒就是這麼哄他的？

「你把這些衣服洗完，我就理你。」

林爾酒眼睛一亮，更賣力地搓了起來，還讓言絛先走開，泡泡會弄到他的。

言絛想著就當是給林爾酒一個苦頭吃，只是……林爾酒那雙白白嫩嫩的手，泡水泡久了，肯定會起皺。

他實在是捨不得媳婦吃苦。

才洗了沒兩件，言絛就把人叫了出來。

他檢查了一下林爾酒的雙手，嗯，沒皺。

林爾酒眼睛都笑彎了，「言條，你是不是想理我啦？」

「看你的表現。」

「好的，我一定好好表現。」林爾酒抱住了言條，在言條臉上親了好幾下，最後碰到了嘴唇，正要一發不可收拾，卻突然又跑掉了，說是要把那一件洗完。

言條：「……」

是小棉襖不是小色鬼。

言條安慰著自己，也安慰著自己的重要部位。沒吃到倒也沒什麼，但吃過一次了，總想著第二次、第三次。

他可能天生就對林爾酒沒有抵抗力吧。

第14章　繼續貼心

林爾酒很認真求表現。他先是不管李爾這個人了，接著是看到趙景也不理了，就是見面打個招呼而已。

言條在一旁不動聲色，默默收到了自己媳婦只對自己一個人的好。果然生氣是有用的，成果還挺令人滿意。

被忽略的趙景則鬆了口氣，他兄弟的媳婦又回到了以前的模樣，真好！

林爾酒原本是打算少跟司樂聊天，但今天司樂一如反常一點精神都沒有了，整個人渾渾噩噩的。

林爾酒拉著司樂問話：「你是不是玩了一整晚的遊戲？」

司樂搖頭，有些難以啓齒。

林爾酒見司樂的表情更難看了，安慰著：「別怕，跟我說。我雖然沒本事，但是你表哥有本事，我讓他幫你處理。」

司樂吸了吸鼻子，咬了牙說了出來：「我被我室友調戲了。」

司樂畢業後，跟大學室友一起租了個公寓住在一起。林爾酒見過司樂的室友一面，長得是不錯，只是挺高冷的，還愛吐槽人。

林爾酒都想叫司樂別跟那個室友住一起了，但司樂沒心沒肺的，說他室友還滿好的。

「怎麼回事？」

司樂看了林爾酒一眼，看到林爾酒滿眼的擔心感動得想哭了，一股腦全都說了出來：「我那天回去跟我室友說了我被趙景副總誇好看的事，室友不相信，我就把細節也說了，然後他忽然變了一個人，說我放蕩，還……」

司樂說到一半，整張臉都紅了。

林爾酒瞎猜：「不會上了你吧？」

司樂使勁搖頭，「怎麼可能？但也差不多了，他就突然親我，親完還說他是在誇我帥。去他媽的，明明就是在占我便宜。我還準備回老家娶老婆呢，就被一個男的給親了。」

司樂說到最後一句確實傷心了，眼淚都掉了下來。

林爾酒也有些不知所措，這個室友是不是在作弄司樂？

但這樣的行爲，是不是太流氓了？

林爾酒要司樂先別哭，他去跟言條討論一下。

司樂點頭，眼淚稍微收回了一點。

言條聽了，倒是一臉淡定，還笑了一聲。

「你還笑！司樂表弟都哭了！」

林爾酒義正辭嚴地制止言條的幸災樂禍。

言條瞥了一眼林爾酒，林爾酒忽然就意識到他老公目前是暫緩生他的氣，自己還在求表現中。

「表弟太難受了，你別吃這個醋。」

「我沒吃。」兩個小屁孩的醋有什麼好吃的，另一個比他媳婦還更傻。

林爾酒把司樂的事跟言倏陳述了一遍，還建議：「要不要把欺負你表弟的那個人套麻袋暴揍一頓？」

言倏又覺得林爾酒並不比司樂聰明多少了。

「這樣吧，安排司樂住進公司的房子。」

林爾酒一想，又糾結了，「那要是他室友過來堵表弟呢？還是套麻袋揍一頓，那個人就乖了。」

「酒酒。」

「怎麼了？」林爾酒看向言倏。

「現在的貼心小棉襖都是這麼野蠻的嗎？」

林爾酒：「……」

忘了。

貼心小棉襖是全方位的。

林爾酒試圖挽救自己小棉襖的身分，「我早上還替你晾衣服了呢。」

是晾了，言條還特意看了，襯衫釦子掉了好幾個。

再洗下去，他就要去換一批新衣服了。

言條也不戳穿，媳婦那麼想扮演小棉襖，被揭發大概會難過死了吧？

「你去問問司樂願不願意。」

司樂一萬個願意，但是晚上就真如林爾酒預言的，被堵了。

然而林爾酒已經跟言條回了家，只留下司樂一個人對著他冷冰冰的室友。

「嗯，不回家了是嗎？」室友環抱著胳膊，似笑非笑的。

司樂咬著牙跟他室友對抗了起來，還揚言要回去打包行李，跟他室友分道揚鑣！

室友嗤笑了一聲，顯然沒把司樂的話放在心上，一路上帶著司樂安安靜靜回家，等到了家司樂想要打包行李的時候，室友就徹底把司樂給欺負了。

第15章　一起洗澡

林爾酒坐在沙發上唉聲嘆氣的。

言條在一旁問：「怎麼了？」

林爾酒皺著一張臉，靠在言條的肩膀上，惆悵地說：「老闆叫我明天去上班，不然就炒了我。」

「特別厲害的小棉襖？」言條調侃。

林爾酒臉一紅，頗爲憤懣地說：「特別厲害是特別厲害，但是老闆都愛賺錢，我不去的話，就損失很多錢了。所有老闆都見錢眼開。」

言條覺得自己被暗酸了。

林爾酒說著就問言條要不要一起泡澡放鬆一下，明天他就要上班了。

言條不太想跟小棉襖洗澡，小棉襖體力跟不上，他還不能多做幾次，拉不下面子說。

但言條思考了一秒後還是同意了。

令言條沒想到的是，林爾酒所謂的泡澡就眞的只是泡澡。兩個人擠在狹小的浴缸裡，彼此給彼此搓背。

言條趴在浴缸邊緣，冷笑了一聲。

林爾酒擦得還眞賣力，他都聽到喘氣的聲音了。言條自己硬得要死，小棉襖竟然裝作沒看到？

不僅如此，小棉襖還要言條替他搓背。

林爾酒的後背光滑得很，言條的手剛碰上就一個紅印，不好下手了。

「言條，你怎麼不搓了？」

林爾酒還歪著頭一臉無辜地問。

他懷疑小棉襖在勾引他，並且掌握了證據。但是小棉襖沒有任何動作，洗完澡後還把乳牛睡衣的釦子扣到了最上面，只露個脖子給他看。

然後唉聲嘆氣說不想工作。

言條去書房冷靜了一番，又把他跟林爾酒結婚後的日記拿出來看了一遍。終於找到了疑點。

『小媳婦就愛親親，你要記住，你是有老公的人，並且你的老公很健康。』

『一週一次，除非突發情況。但我偏不要，今天非得給小媳婦一點教訓。小媳婦說我不自律，生悶氣了？還好沒離家出走。』

還有一些他之前沒看懂的時間紀錄：

二〇一九年總結：一月6次，二月5次，三月16次，四月6次，五月7次，六月6次，七月4次，八月3次，九月9次，十月12次，十一月8次，十二月4次。

所以，這次應該是……？

言條有不太自在，有點不太想認回失憶前的自己了。

想是這麼想，但他還是分析了三年來的頻率規律。發現三月份是最多的，差不多一週做了有四次；七月和八月是最少的，有時候一週都不到一次。可能是天氣熱？

其他月份沒什麼規律。

但現在是十二月，言倏又翻看了另外兩年十二月份的次數。

六次和四次。

平均一週不到兩次。

言倏只好翻出他失憶後新的日記本寫：「我不自律，又不想改。我去找小棉襖了。」

言倏回房的時候，林爾酒已經躺在床上玩手機，看到他進來了之後立刻將手機放在床頭櫃上，鑽進被窩裡閉上了眼睛，「老公關燈！」

言倏將燈關了摸黑鑽進了被子。

然後林爾酒就直接抱住了他，在他懷裡蹭來蹭去的，嘴上嘀嘀咕咕：「老公我想陪你，你什麼都不記得了，看不到我肯定很害怕。」

言倏的心忽然就被捂得暖暖的。

「不怕。好好上班，不准與同事過於親密。」

林爾酒「哼」了一聲，又抱緊了言倏，聲音軟綿綿的：「才不會呢。才不能讓老公一個人冷靜，要冷靜也得帶上我。我們一起冷靜。」

言條心裡一暖，他的小棉襖，眞的好暖和。

但是……

硬的地方還是硬。

小棉襖不跟他親熱，還不能自己去解決，因爲媳婦抱得太緊了。

第16章　恢復記憶

第二天，司樂整個人都不太正常了，能站著絕不坐著，想跟林爾酒說說心事，但林爾酒卻上班去了沒來。

司樂苦著一張黃瓜臉，偷偷看了一眼自家表哥。

言倏正在處理工作。

表哥一看就不像是會聽他說心事的人，司樂只好走過去說：「表哥，我今天晚上能去你家住一晚嗎？」

言倏一臉問號。

司樂苦著臉垂頭喪氣地說：「我也不想。但是我有一些事想問問嫂子。」

「……是關於你室友的？」

司樂嗯嗯點頭。

言條笑了一聲，翻看著文件，「那你還不如問我呢。問你嫂子，你那室友說不定要去醫院躺幾天，變成植物人都有可能。」

司樂：「……」

酒酒他想做什麼？

司樂退縮了，又開始麻煩表哥了，「表哥，我想搬家，你能陪我一起嗎？」

言條挑眉，有些好笑地說：「那麼怕你室友？」

他在失憶前可能見過司樂的室友，現在完全沒印象，但猜也能猜到那人是在追司樂，只是這種追人的方式確實不太妥當。

司樂的臉更皺了，有些可憐兮兮地說：「這不是怕不怕的問題，我室友簡直不是人。」

司樂說著眼淚又要掉了，但他收了回去，因爲表哥答應了他一個小時後就去搬。

但是，在開車回去的路上由於過於興奮，他遇到大貨車時反應慢了一秒，幸好及時飛速轉彎避免了一場車禍。但坐在後座的言條卻不幸地撞到了車門拐角，「咚」的好大一聲，讓司樂嚇白了臉。

只見他表哥捂著頭靠在後座，說了句「沒事」，也不去醫院。司樂從後照鏡看了看，確實沒流血。但是，他表哥前不久才出過車禍。

司樂忍不住再次問：「表哥，還是去醫院一趟吧？」

「不去，閉嘴。」

好凶。

表哥怎麼又跟以前一樣凶他了？

林爾酒在公司百無聊賴地敲著電腦，看了眼手機，忍住了想傳訊息給言倏的衝動。

哎，當小棉襖真的好累。

還不能隨時騷擾言倏，他都想死言倏了。

「爾酒，公司下個月準備員工旅遊，你要來嗎？」同事敲了敲林爾酒的桌子問。

員工旅遊？

「可以攜伴參加吧？」

同事無奈一笑，「可以。你就眞的離不開你丈夫，是嗎？」

林爾酒戳著手機一本正經地糾正同事，「是媳婦。」

電話響了好幾聲，言條才接起來。

他坐在後座，司樂在前面小心翼翼地開著車。

言條閉著眼睛，腦中走馬看花，閃現著失憶這段時間發生的事。

「什麼事？」

林爾酒毫無察覺，故作淡定地說：「我們公司有員工旅遊，我想帶你散散心。」

時時刻刻不忘自己小棉襖的身分。

言條愣了一下，記憶的匣子完全被打開，他那盡心盡力的小棉襖媳婦。

「言倏，我煮飯啦。」

「言倏，我洗碗啦。」

「言倏，手洗的衣服好乾淨啊！」

言倏忽然笑了一聲，聲音低低的，試探性地喊：「小棉襖？」

「怎麼了？散散心都不願意嗎？言倏。你不能再宅下去了！」另一邊的林爾酒完全沒察覺出什麼異樣，一本正經地教訓著老公。

但是他越來越心虛，因爲言倏那邊一直沒回話。

不說話的老公還是很有威嚴的，林爾酒虛張聲勢地列舉了言倏目前因爲太宅而養成的壞毛病。

「比如？」

林爾酒絞盡腦汁，但是想了半天也沒想出來，隨便瞎說了一個：「你有小肚腩了！你以前都是有八塊腹肌的，現在只剩四塊了！」

言倏無語。這小祖宗，要不是他已恢復記憶，還眞就被騙過去了。

「你摸摸自己的肚子再笑！你要是再這樣宅下去，都快沒力氣抱我了。」

林爾酒在電話那頭繼續囂張。

言條也不逞一時口舌之快，「可以去。但是少了四塊腹肌，心裡難受，我今天晚上準備離家出走了。」

言條話音剛落，前面的司樂大驚，耳朵高高豎起。

林爾酒先是哼哼了兩聲，跟同事炫耀了一番，才後知後覺回神自家老公說了什麼，吞了吞口水，有些遲疑地問：「你剛剛……說什麼？」

言條說：「看訊息吧。」

言條說完就掛了手機，沒有一絲絲的預告。囂張的林爾酒在另一邊一頭霧水。

叮。

男媳婦：『我很生氣，我的小媳婦竟然在我失憶的時候去上班了。』

林爾酒瞪大了眼，飛快戳著手機螢幕：你恢復記憶啦？

男媳婦：『我在見顯公園。晚上六點你不要來接我。』

？？？？

林爾酒還是一臉懵，到底是恢復記憶了還是沒有？

而且，這些話怎麼跟自己以前說過的一模一樣？

言倏發完訊息，翻著自己跟林爾酒的聊天紀錄，一翻就翻到了底。小祖宗做事還挺仔細的，知道注意細節了。

但是這麼些天以來，他的小祖宗還挺聽話的。小棉襖雖然內裡沒有真材實料的棉花，但還是有那麼一點保暖的。

前面司樂皺著眉頭嘀咕：「表哥是不是被剛才那一撞，又撞壞腦子了？」

於是司樂一路上說了很多遍要去醫院，最終被他表哥罵了一句「滾」。

到了公司之後，司樂拎著行李箱，看著他表哥的背影，委屈得很。

第17章　第三十一次離家出走

關於過去的記憶，言絛差不多都記了起來，但失去記憶的這段時間，他也沒忘。

他在公司待了沒一會就回了家，回家的第一步就是把自己失憶這個期間寫的日記本給毀了。

吃醋這種事，對方要是不知道，都是白吃。

失憶的他並不聰明。如果是現在的他，小媳婦早就躺在床上，班都不能上了。

還有被比較的次數，言絛其實就是好奇他媳婦的慾望是不是跟季節有關，研究他媳婦這件事，可以研究一輩子。

好想他的媳婦啊！

雖然天天見，但現在更想念了。

言條去超市買了點菜，等差不多快六點了，拿起林爾酒專屬的行李箱，便出發到了隔壁社區公園。

等言條到達的時候，林爾酒已經在那裡等著了。

看到言條的時候，他立馬跑了過來，緊張兮兮地問：「言條，你是不是恢復記憶了？」

言條蹙著眉搖頭。

林爾酒鬆了一口氣，還沾沾自喜幸好先向土風舞阿姨打過招呼了。

言條拎著行李箱坐在長椅上的時候，土風舞阿姨正好路過，對林爾酒挑了挑眉，露出意味深長的笑容。

林爾酒也抿著嘴一笑，偷偷摸摸的，不讓言條看到，那樣子簡直跟地下組織接頭似的。

言條瞥到了，看破不說破，坐在長椅上翹著腿，等著林爾酒坐到他旁邊。

林爾酒過去直接對著言條的臉蛋就是一陣親，一邊兩口，準備親上言條的嘴時，被言條制止了。

「討好我？」

林爾酒覺得言絛有些不太對勁，但也沒想太多，無辜地說：「哄你啊。我以前都是這樣哄你的。」

厚臉皮的小祖宗。

「知道我爲什麼離家出走嗎？」

林爾酒搖頭，一副自己很有肚量的樣子，「你就愛離家出走，以前就是。不需要理由的，就愛無理取鬧。哎，也只有我能包容你了。」

林爾酒這番話在他失憶的時候說過，當時他是覺得很好笑。但等記憶恢復了，還是覺得很好笑。

所以，他媳婦以前離家出走那麼多次，心知肚明是無理取鬧？還無理取鬧了三十次？

還說自己抱不動他了？？

「酒酒，你的小棉襖品質沒通過審查。」言絛說的理由十分誅心。

林爾酒大驚，皺著眉頭問：「怎麼可能！」

言絛要林爾酒過來一點，林爾酒把耳朵湊過去了。

「昨晚，是不是知道我還硬著？」言條壓低著聲音，光天化日之下臉不紅心不跳地開黃腔。

林爾酒聞言臉一燒，立馬站了起來，「言……言條，你知道你在說什麼嗎？」

言條平靜著一張臉「嗯」了一聲，甚至還又問了一遍。

「沒有！言條，你正經點，而且你別污衊我！」

林爾酒都開始結巴了。

其實他就是故意的。林爾酒對那方面的需求是隨興的，有時候特別想要，有時候壓根就沒有；對於自家老公昨晚還硬著的事，他是知道的，之前每次互相洗澡的時候都會擦槍走火。但這一次之所以裝作不知道，是因爲他今天要上班。

反正自家老公失憶了，也斯文了很多。

但對於今天這種直球對決的情況，林爾酒以前沒經歷過。沒經驗！

言條微微挑眉，完全不信。

他的老公好像變了！會不會是車禍後遺症啊?!

「那……那我現在抱抱你？」林爾酒說著就紅著臉要抱言條。

言條身子一歪，林爾酒抱到了言條的後背。

「酒酒，我需要你的安慰。」言倏面無表情地說著。

林爾酒貼在言倏的後背上，整張臉都燒燙了。

肯定是車禍後遺症了，人都變流氓了！

林爾酒瞎想著，言倏在後面催促。

但老夫老夫的林爾酒也不扭捏，「那回家就做，好不好？」林爾酒紅著臉哄自家老公。

言倏在心裡一笑，被無條件哄著果然很舒服，怪不得他媳婦這麼愛離家出走呢。

言倏就這麼被輕而易舉哄回家了。

兩次過後，林爾酒就趴下了。他不想再做了。

上面仍在奮鬥的言倏說：「小棉襖不哄哄我嗎？」

林爾酒皺著眉，他不想當小棉襖了。

「……哄。」

於是又來了一次。

第四次的時候，林爾酒已經徹底癱平了。

言條說：「酒酒還是小棉襖嗎？」

嗚，他不是！

「……是小棉襖。」

林爾酒對自己小棉襖的身分很執著，但言條不再累著林爾酒了，起身將燈關了。

林爾酒哼哼唧唧地說：「抱抱我嘛。」

言條就將林爾酒整個摟在了懷裡。

「酒酒，我不捉弄你了。」

黑暗裡，林爾酒有些茫然。

「你捉弄我什麼了？」

言條捏了捏林爾酒的臉蛋，一臉寵溺，「你得先答應我，不再離家出走。」

林爾酒繼續污衊言條，「明明是你離家出走。」

林爾酒話剛說完，便聽到言絛說：「我恢復記憶了。」

黑暗裡，林爾酒腦袋昂起來，透過外面微弱的燈光，他看到自家老公高挺的鼻梁。

「……啥？」

「我恢復記憶了。」

「什麼時候？」

「今天下午。」

今天下午！今天下午言絛離家出走了！然後他還把人哄回來了，接著就哼哧哼哧了一晚上只爲了當好小棉襖！

林爾酒：「！！！」

「不許生氣。」言絛及時捂住了林爾酒的眼睛。

「你下午離家出走？」

「想你了。」

林爾酒聽了這話，氣忽然就消了。

但是，言倏第二天下午又收到了他媳婦的訊息。

『你騙我，我那麼盡心盡力當好一個小棉襖，你竟然拿這個調侃我，還學我離家出走。』

『地址XXXX。』

『完蛋了，言倏你完蛋了！我再也不要原諒你了。』

第三年頭，第三十一次了。

言倏莞爾，回覆林爾酒：

『小棉襖，你可不能這樣污衊我。是誰說我離家出走了三十次？又是誰說我就愛無理取鬧？我要是不離家出走一次，不就說明小棉襖滿嘴謊言了嗎？』

那邊一直顯示正在輸入中。

言倏看完了一個檔案，再點開對話方塊，還是顯示正在輸入中。

言倏一笑，繼續回覆：

『小棉襖，你看看這些天被你砸破的碗，還有我被你洗到掉色的衣服，別以爲藏起來我就不知道了。那天是不是還偷偷掃地了？也別以爲我不知道家裡的地毯換了。』

小棉襖終於回了：

『你別喊我小棉襖了，我是一事無成的小蠢蛋。言倏，我回來了，我不離家出走了。我不配。』

言倏已經腦補著林爾酒嘴巴癟著，委屈巴巴地打下這段話的樣子。

言倏一個電話打了過去，對方秒接。

「我回來了。我會努力做小棉襖的。」聲音小到可憐。

言倏聽到了行李箱輪子拖在地上的聲音。

他低笑了一聲，拿起車鑰匙，「別動，等我過來。誰說你不是小棉襖的？」

林爾酒又坐回了長椅上，很喪氣地說：「你。」

「我可沒說過。我只是在細數小棉襖不合格的地方。所以呢，小棉襖就不要掃地、洗衣服和做飯了，做這些的小棉襖就不是小棉襖了。」

林爾酒眼眶一紅，「老公，你是不是在哄我啊？」

言倏笑著說：「被你發現了？」

「小祖宗的小棉襖還是很有品質的，跟你在一起的每一天，都挺新鮮的。」

林爾酒依然不太高興，等言倏到了的時候，一把抱住了老公。

「你是不是想說我一天到晚事情特別多？」

「我可沒這麼說。」

「哼。」

就是這個意思！

林爾酒趴在言倏身上，又想作怪了。

Part 2

第18章　大學日常（一）

想作怪的林爾酒被言條秋後算帳了。

言條坐在一旁默默翻著日記本，每本都翻，還特意翻到了每一本的空白頁。

林爾酒沒反應了半天後，終於想通了。

他先發制人，坐到了言條的腿上抱住言條，「我沒寫。」

言條翻著本子的手不動了，「嗯」了一聲，尾音上揚。

跟恢復記憶的言條相處，林爾酒囂張得很，「我忘了！」理直氣壯的。

言條故作傷感地搖搖頭，「小棉襖眞的一點也不保暖。」

林爾酒：「……」

當了快一個月的小棉襖，林爾酒已經不習慣有人說他不保暖了。

林爾酒扭捏了半天說：「那我寫的話，還是保暖的小棉襖嗎？」

言條挑眉，「嗯」了一聲。

林爾酒便屁顛屁顛寫日記去了，他坐在書桌前思考了半天，問言條：「那我是寫一天的還是把前面一個月都補上？」

言條坐在林爾酒旁邊的一角，敲著電腦處理工作。

「寫一天是發熱衣，寫三十天就是羽絨衣了。不過，小棉襖穿個發熱衣就很暖和了。」

林爾酒皺眉，找了一個新本子，決定寫三十天的。

「必須寫這段時間的日記嗎？」

言條回答：「以前也行。」

「大學呢？」

言條詫異地看向了林爾酒，「還記得大學的事？」

林爾酒哼哼好幾聲，「不僅記得，我還看到了你在日記裡天天說我笨，說我被你的告白嚇跑了。」說到這突然湊到了言條那裡，賊兮兮地說：「其實我沒有被你嚇跑！」

言條似乎又回憶起以前那個膽小的林爾酒，他才剛說完一句喜歡，他媳婦什麼也不說，拔腿就跑。

言倏配合著林爾酒，「所以你是故意跑的？」

林爾酒大聲「嗯」了一聲，仗著言倏不知道他自己的記憶，瞎編自己的心路歷程，「我早就知道你喜歡我了，但我那個時候並不是很喜歡你，收到你的表白時，爲了給你面子，忍辱負重，裝出自己很慫的樣子。」

言倏憋笑，「可是，那個時候我還以爲你討厭我。」

林爾酒搖搖頭，走過去捧著自家老公的臉，左右都親了一遍。

「言倏你太沒自信了。」

說完又將自己的臉蛋伸了過去，讓言倏親。

言倏沒親，卻捏住了林爾酒的臉，「酒酒，再不說實話，我就要收走你的發熱衣了。」

林爾酒「哼」了一聲，嘀咕著：「那我說實話，給我羽絨衣嗎？」

「家裡的羽絨衣都給你。」

林爾酒眼睛一彎，又回到自己的椅子上，「我就是嚇到了。以前都是被女孩子告白的，突然被一個大男人告白，心臟都要嚇出來了。」

「害怕嗎？」

林爾酒回憶了一下，搖頭說：「不害怕。我好像被你一告白，就直接彎掉了。」

二〇一四年十月

「爾酒，言倏叫你去操場。」

林爾酒正玩著坦克大戰手遊，快要把其他坦克轟完了，聞言皺眉說：「幹嘛突然叫我去操場啊！大半夜的。」

室友搖搖頭，拎著水壺說：「誰知道啊，可能是要告白吧。」

室友漫不經心說著，連調侃口吻都沒有。

林爾酒沒放在心上，「我跟言倏是兄弟好嗎！」

室友經過林爾酒身邊的時候，拍了拍他的肩膀，語重心長地說：「在我們寢室裡說說也就罷了，可別在其他寢室放話。你跟言倏都 gay 出名了，只差什麼時候公開而已。」

林爾酒一愣，手上按了最後一下炮火，敵方坦克全軍覆沒。

「我跟言倏，眞的只是兄弟。」

室友冷笑一聲，頭也不回地說：「你去問問言倏，有沒有當你是好兄弟。」

室友對於言倏的齷齪心思是一清二楚，因爲他親眼見過言倏偷偷親了躺在床上不舒服的林爾酒。

林爾酒是他們寢室唯一一朵嬌嫩的草，吹不得冷風，淋不起小雨，不然就會感冒病倒。

室友看到當時驚呆了，但裝作什麼都沒看到。等晚上林爾酒舒服了一點起來上課的時候，才偷偷跟林爾酒說。

但林爾酒並不相信。

室友壓低聲音說：「我他媽親眼看到的！」

林爾酒淡定回：「視覺上的錯覺。」

「他就是親了！嘴巴都碰到你的臉了！」

「可能是離我太近了，不小心碰到的吧。言倏只是在關心我有沒有發燒。」

「……林爾酒！你他媽活該被gay！」

「幹嘛啊！一言不合就罵人。」

言絛坐在林爾酒旁邊，對兩人的悄悄話聽得一清二楚。

他沉思了很久，確實是不小心碰上的，但是仍然覺得林爾酒的腦袋果然還是太簡單了。

所以才會有他叫林爾酒來操場這件事，說開了是撩，沒說開就是兄弟情。酒酒太笨了。

言絛在等林爾酒的時候還在想，自己怎麼就喜歡上這麼一個笨蛋？

除了讀書不笨，什麼都笨。

太笨了，真該跟自己中和一下。

林爾酒小跑著到操場，晚上的操場還挺多人的，言絛站在網欄那裡，林爾酒一眼就看到了。

「你找我做什麼？」林爾酒喘著氣跑過來。

言絛用手示意林爾酒再過來點。林爾酒不情不願湊近了些，嘴上還嘀嘀咕咕：「要沒有什麼天大的祕密，以後都不甩你了。」

言倏低聲說：「絕對是天大的祕密。」

林爾酒眼睛一亮，耳朵湊了過去。

言倏微微低下頭，在林爾酒耳邊說：「我準備公開追你了。」

？？？

林爾酒仰著頭，一臉茫然。

「啥？」

「喜歡你。」

「兄弟？」

「情侶。」

林爾酒咳嗽了一聲，笑聲尷尬，「是追……追我啊？」

言倏淡定「嗯」了一聲，耳朵卻微微有些紅了。

「就……就、就是喜歡我，跟、跟情侶那種……那種喜歡？」

「嗯。」

林爾酒呑了呑口水，結巴地說：「我、那個，我還有、有、有事……」

林爾酒也沒說是啥事，拔腿就跑了。

言條在後面追著，一路追到學校宿舍不遠處。

「你怎麼跟過來了啊！」林爾酒喘著氣。

「回宿舍。」言條很淡定。

林爾酒的手臂被言條抓住，皺緊了眉頭，十分苦惱地說：「你先放開我，宿舍裡都是人。」

其實旁邊沒什麼人，林爾酒和言條如今所在的位置稍爲偏僻。

言條不放手，對著林爾酒說：「從今天開始，以後我對你所做的每一個行爲，都是另有所求。」

「求什麼？」

言條飄過去一道看蠢蛋的視線，在林爾酒快要爆炸之前說：「你。」

快炸開的林爾酒瞬間消風了，紅了臉小聲嘀咕：「也不要說得這麼直白，兩個大男人的。」

言條認眞地說：「不直白你能懂嗎？」

「幹嘛人身攻擊！」

言條賤嘴一句又馬上哄著：「沒啊，太緊張以至於語言功能紊亂了。說說，你覺得怎樣？」

林爾酒又縮小了一點，糾結地說：「哎，你再讓我想想吧，我腦子還有點亂。」

手臂還被抓著，想跑都跑不掉。

林爾酒恍惚了。

第31次離家出走

第19章　大學日常（二）

言倏開口說了要追，因此明明跟以前是一樣的相處模式，但他非要替每件尋常的事情賦予不一樣的含義。

比如摟著他的肩膀，現在不是兄弟了，是在占便宜。

林爾酒無語，「這叫什麼占便宜啊！」

言倏說：「要不然我親你一下，願意嗎？」

林爾酒不說話了，臉也紅了，低著頭催促走快點，「再慢下去，餐廳沒飯吃了。」

言倏不慌不忙地說：「你看，你還不能接受。不能接受的占便宜就是騷擾了。我在循序漸進中。」

林爾酒停下腳步，抬著頭看向言倏，「不能做兄弟嗎？」

「不能。」回話斬釘截鐵。

哼。

林爾酒不想理言倏了，不管言倏說什麼都不理他，上課的時候跟言倏隔著一個室友的距離。

晚自習時，言倏在書上寫字，要室友把書傳過去。

室友瞥了一眼，忍住！

林爾酒偏頭看了一下。

「不給追了？」

林爾酒在空白地方寫下：「給追，但是你一點也不貼心，我要收回你追我的權利。」

再讓室友傳一下。

室友將書給言倏後，惹不起言倏，只能小聲警告林爾酒：「你們要是再這樣逼我吃狗糧，我現在就昭告全班同學，言倏要追你，你還鬧脾氣。」

林爾酒反駁：「我沒有！」

「你有！別說話，換位置！」

林爾酒：「……」

大教室是兩個班一起上的，林爾酒和室友趁著老師沒看過來的時候，悄悄換了一個座位。

言條看到旁邊的林爾酒後，挑眉打招呼，「好久不見？」

哼！

林爾酒把頭一歪。

言條一笑，壓低聲音說：「我今晚體貼一次給你看看，你就會理我了。」

林爾酒被摸了頭，嘴硬地說：「你絕對不會很貼心。」

體貼的言條隨後為林爾酒補充水瓶，替林爾酒整理床鋪，還跑到了林爾酒床上睡覺。

林爾酒只當言條是上錯床了，揚著下巴說：「你的床在那邊呢。」

言條躺到林爾酒床上後，回頭笑著說：「你當我是你啊，我替你暖床。」

林爾酒：「……」

又人身攻擊！

「大熱天的，哪裡需要暖床了？」林爾酒「哼」了一聲，拿著衣服去洗澡，不想管在他床上的言條。

寢室裡一共住了四個人，其中一個因爲不是他們這一科的，便搬回了自己那科的寢室，所以目前林爾酒和言條只有一個室友，被逼時時刻刻吃狗糧。

室友嘆了大大一口氣，默默躺在床上蹂躪著自己的大熊。虧他以前還提醒過林爾酒呢，現在這樣還要再提醒嗎？

等林爾酒洗完澡回來，言條叫了他一聲，然後他看到言條很自發地從上鋪那翻到了自己原本的床位那邊。林爾酒跟言條都是睡上鋪，面對著面。

林爾酒躺進被窩的時候，裡頭都是言條身上的味道。以前覺得沒什麼，現在卻覺得很羞恥。這不就跟古代的暖床丫頭一樣嘛。

暖床丫頭通常最後會跟少爺搞到了一起。

林爾酒臉一燒。

「貼心嗎？」言條的聲音傳來。

林爾酒用被子將腦袋蒙住，「不貼心！」

言條笑了一聲，「那我還要再加把勁啊！」

言倏的加把勁簡直是把林爾酒當少爺伺候。

早上他幫林爾酒擠牙膏時，把林爾酒嚇得要死。

「這個，我自己會。」林爾酒有些尷尬地接過牙膏，正要拿杯子，言倏比他快了一步，還裝了一杯水給他。

林爾酒：「……」一邊刷牙一邊瞥言倏，發現言倏正在準備洗臉水，差點就被泡沫嗆住，他趕緊漱口，制止言倏想要替他洗臉的心意。

「這就不必了。」

言倏拿著毛巾擦著林爾酒嘴邊的泡沫，「不這樣做，你又要說我不貼心了。」

林爾酒臉上的笑容都扯不出來了。

林爾酒閉著眼睛被言倏洗了整張臉，欲哭無淚，「你很貼心，別這樣了可以嗎？我不是少爺的命。」

言倏挑眉，「那給追嗎？」

林爾酒皺著臉，「隨便啦。」

第20章　大學日常（三）

隨便的林爾酒每天接收著言倏的示好，還有言倏每晚例行一句：「什麼時候跟我在一起？想親你了。」

林爾酒常羞紅了臉，默默玩著坦克大戰不理言倏。

言倏便走過去陪林爾酒一起玩。

林爾酒看不起言倏，因爲他本人是資深坦克大戰玩家。

言倏搬了一個凳子坐過去，「這有什麼難的？」

林爾酒爲言倏說明了遊戲規則：只要保證家裡的老鷹不被敵方坦克轟到，再轟死敵方所有坦克就贏了。

事實證明，言倏還眞的不會。兩條命還沒來得及發揮作用就沒了。

林爾酒皺眉，「你死得也太快了吧。」

言倏也不在意，撐著下巴看林爾酒，「你玩，我看著。」

林爾酒瞬間挺直了腰板，滿滿的表現欲。

林爾酒的臉蛋很滑嫩，言倏捏過覺得軟軟的。但他現在不想捏了，只想親。還有那張緊緊抿著的嘴唇，言倏盯著一笑。

林爾酒突然很敏感，「你笑什麼啊！」

言倏搖頭，「你太厲害了。」

林爾酒有點驕傲，「下一局我就建一個大點的房子，把你跟老鷹關在裡面，你就不會死了。」

「好啊。」

然後林爾酒又玩了好幾關，每一關言倏都被關在裡面，連操作都不需要操作。

室友經過的時候嘀咕了一句：「就你們這樣，還玩屁啊？」

林爾酒沉迷其中，言倏挑挑眉，發了一個訊息給室友。

『單身狗不會懂的。』

室友：「……」

因爲有人陪玩，這個陪玩人還不留餘地地不停誇林爾酒玩得好厲害，這也就讓林爾酒對言倏的包容度越來越大，兩人越來越形影不離的，只差睡一張床了。

林爾酒週三下午參加了書法社，想陶冶陶冶性情。練了快兩個小時的字後，社長宣布下課，但是外面忽然下起了雨。

社團裡的女孩子比男孩子多。

女孩們互相唸叨著叫室友來送傘，男孩們則打算等雨停就走。

林爾酒也打算等等的，卻忽然聽到好多聲：「好帥啊！是經管系的言倏耶！」

他正跟坐在小板凳上一群男生聊天，聽到這些話僵了一秒。

「經管系？林爾酒你不是經管的嗎？難不成他是來送傘的？」

「我操，這年頭兄弟這麼可靠？女生們都還沒有室友接送呢。」

社長走了過來，找了一個小椅子坐下，「連女朋友都沒這麼貼心。我發了訊息給我女朋友，到現在都沒回呢。」

林爾酒被說著有些不太好意思，卻暗暗有一絲絲驕傲。言倏可是比女朋友貼心多了！

林爾酒很虛僞地說：「可能是路過吧。」

虛偽的林爾酒半天不挪開小椅子，言條便走了過來，笑著說：「沒看到我啊？」

林爾酒昂著頭，抿著嘴一笑，跟男生們打著招呼：「我先走了。」

出去的時候，林爾酒還在高興。

言條就問：「這次來接你就這麼高興？」

林爾酒搖搖頭，高深莫測地說：「你不懂。」

言條將林爾酒往自己這邊拉過來了點，傘面微微傾斜著，「我怎麼不懂了？不就是你社團團員都沒人來接，只有你有面子，所以暗爽了是嗎？」

林爾酒被戳穿小心思有些惱羞成怒，「哼」了一聲，「才不是。」

言條笑著順林爾酒的毛摸，「不是就不是，我隨便猜的。靠我這裡過來一點吧，你再往那邊去，我的半邊肩膀都全濕了。」

林爾酒看了一眼言條的肩膀，默默地緊緊挨著言條了。

結果言條那天晚上就有點不太舒服，不到九點就躺在了床上，還一直說冷。

十一月份的天氣已微微有些轉涼。

林爾酒將自己床上的被子抱到了言條床上，「再蓋一層。」

言倏有些睏，閉著眼睛說：「那你蓋什麼？」

林爾酒盡心盡力爲言倏鋪著被子，「沒關係，我把下面墊著的拿出來蓋。」

林爾酒之前嫌學校的床太硬，墊了好幾床的被子。

言倏慢慢睡了過去。

等夜裡的時候，他忽然感覺床沉重了不少，緊接著有人鑽進了他的被窩。

言倏蹙眉，正要睜開眼睛，卻聞到了熟悉的味道。

「酒酒？」寢室的燈已經關了，言倏壓低了聲音問。

林爾酒「嗯」了一聲，鑽進了言倏的被窩，聲音極小：「下面的被子拿出來太麻煩了。我想了想，還是跟你一起睡，還可以幫你暖暖身體。」

言倏覺得林爾酒都暖到他心裡去了。他將林爾酒摟進了懷裡，「你跟一個正在追求你的人睡一張床，知道代表什麼嗎？」

林爾酒臉一紅，支支吾吾地說：「大不了就在一起嘛。」

言倏聞言怔住，眼眸微微彎了，「你這是答應了？」

林爾酒的眼睫毛在言倏下巴那裡掃來掃去，聲音悶悶的：「天天二十四小時待在一起，我都沒力氣認識新的人了，還不如早點跟你在一起脫單算了。」

言條的下巴被掃得有點癢，他微微低頭，抵著林爾酒的額頭，「不行，你要喜歡我才能跟我在一起。」

林爾酒扭捏了，「你幹嘛啦。」

「喜歡我嗎？」

林爾酒不肯說。

「不說的話，我還得再追追，不能讓你勉爲其難跟我在一起。」

林爾酒「哎呦」一聲，仰著腦袋，黑暗裡什麼都看不見。林爾酒輕輕碰到了言條的臉，然後馬上離開。

言條愣了一秒。

林爾酒小聲說：「這樣行不行？」

「不行。」

林爾酒氣到了，「不行拉倒。」

言條壓著林爾酒，吻上他的嘴唇，好半晌才分開，「這樣才行。」

林爾酒捂著嘴不說話了，忽然抱住了言條悶聲說：「我要睡覺了，你不要再說話！」

就是害羞了。

「好。」

第二天醒來的時候，林爾酒想默默爬回去，但在下面刷牙的室友叫林爾酒可以放心移動，不必怕他聽見。

林爾酒正在爬的動作一僵，瞬間不動了。

室友漱了一口口水說：「我他媽昨晚都聽到你們在說悄悄話了。寢室裡一共就三個人，大半夜的，你覺得我不會聽見？」

林爾酒呑了呑口水，「你沒睡呀？」

室友頗爲生氣，「他媽的就熬一次夜，還被我趕上撒狗糧了，靠！」

林爾酒：「……」

還躺在床上的言倏心中一樂，笑了老半天。

林爾酒回頭惱怒地說：「別笑了！」

言倏忍不住無比開心的笑意，他追到酒酒了。

第21章　酒酒日記

林爾酒寫了將近一個小時的日記不想寫了。他闔上日記本，打了一個哈欠，「明天再繼續！」

言倏在旁邊問：「寫了幾篇？」

「十篇了。回憶太傷腦筋。」說著還走過去親了言倏兩口，「我去睡了，你也早點睡，才剛恢復記憶呢。」

言倏心頭一暖，「嗯」了一聲，眼眸裡都是溫柔。他將林爾酒拉到懷裡，林爾酒順勢又趴在言倏身上，「幹嘛呀？」

「想你了。」失了憶都沒好好抱過他的小祖宗了。

林爾酒哼哼了兩聲，「老公你眞肉麻。」

言倏垂眸看林爾酒，配合地說：「老婆你也不要偷笑。」

林爾酒的嘴角彎了上去，極爲囂張說了句：「我就愛偷笑。」又抱緊了點言條。

「你陪我一起睡覺嘛，被窩都不暖和了。」

小祖宗又開始撒嬌了。

「等會兒，還有點工作，處理完了就來陪你。」

林爾酒突然昂起來腦袋，眼睛都快要瞇起來了，「那你親我兩口，我就不鬧你了。」

言條掐住林爾酒的下巴，吻了上去。

林爾酒滿意了，慢吞吞地往床上爬去，等他找到最佳睡覺姿勢後，言條便把房間的大燈關了，點開了桌前的燈。

他直接坐到了林爾酒寫日記的地方，翻看著小祖宗的日記。

言條剛打開日記本，看到了第一頁：

『最後才到的室友果然是大帥哥，但我沒有一見鍾情。

PS：雖然言條很貼心替我泡了感冒藥，但原來那個時候的他就不安好心了，所以我替那個時候的自己拒絕言倏的好意了！

——二〇一四年九月四日』

言倏一笑，挺叛逆的小祖宗。

第二篇：『言倏被選爲我們學院的系草了，我貢獻了不少，開了幾十個帳號替他投票了，直衝第一。言倏沒放在心上，對於我灌票的事毫不知情。但是！他應該要知道的，我大半夜沒睡都在灌票呢。

PS：我覺得校草他也當之無愧。

——二〇一四年九月』

灌票？言倏還眞不知道。他對這方面的事不太感興趣。不過小祖宗倒是偶爾熬夜過，所以，不睡覺就是在弄這些事？

想想還有點開心。

小祖宗超愛睡覺，能放棄睡眠證明是眞的把自己放在心上了。

第三篇：『我宣布言倏是我最好的兄弟了，他竟然買了一箱的可樂放在寢室裡。這是我想都不敢想的事，而且我每天都能拿一瓶喝！

PS：暗戀我的時候對我這麼好，等在一起了後，一週喝一瓶都難。現在結婚了，壓根都碰不到可樂了。早知道當初就應該一直讓言倏追我，追到老。

——二〇一四年九月』

言倏低笑一聲，太可愛了。那些碳酸飲料有什麼好喝的。他當時買了一箱的可樂後，看著酒酒一天能喝掉三瓶。

那時是真的想把他的酒酒教育一頓，但還在追求中，只能想著，要是被他追到手了，一瓶都不讓他喝。沒結婚時，他還沒有太管著酒酒，管多了，搞不好媳婦就沒了。

但好在，大學畢業就把酒酒拐到手了。

第四篇：『我跟言倏一起去澡堂洗澡了。澡堂有隔間，但是我因爲沒帶沐浴乳光著屁股走到了言倏的隔間，就被言倏罵了一頓，說我被人看光了，因爲隔間外有其他人。我很無辜，覺得言倏有點保守。

PS：哼！明明就是言倏自己心裡齷齪，我看到他的日記了，他說他有反應了！臭流氓！還說我光屁股!!

——二〇一四年九月』

有反應很流氓嗎？沒反應才奇怪吧？言倏不覺得自己心裡齷齪，並認爲起反應理所當然。

第五篇：『言倏跟我告白了。眞的告白，嚇到我了。我當時都在想我還能不能跟言倏做朋友了。

PS：我現在想想還是覺得太突然了。我看到言倏寫的日記了，他說我就是天然彎，一看就是彎的。那萬一他看走眼了，我就是直的，連朋友都做不成了！

——二〇一四年十月』

不是天然彎，能跟他勾肩搭背嗎？就算是直的，言倏也沒打算放過林爾酒。他媳婦兒呆呆的，三言兩句就能被他騙到手。可能他也確實卑劣吧，把人弄彎，但好在他媳婦本來就彎。

第六篇：『言倏眞的在追我了。爲了不失去言倏這個朋友，我給了他追求我的權利，但是我好像招架不住了，言倏簡直比我媽還貼心，不對，我媽有時候還嫌棄我，但言倏一點都不嫌棄我。

PS：我以前還覺得言倏嫌棄我笨呢，他其實是覺得我可愛！

——二〇一四年十月』

第七篇：『原來我跟言倏眞的gay出名了，我跟他牽手竟然沒有人覺得意外？就算同性戀合法了，他們起碼也得震驚一下啊！搞得我跟言倏好像早就在一起了似的。

PS：自從我知道言倏跟趙景——也就是言倏從小玩到大的好哥們——的相處方式之後，我才知道，言倏好像就只對我這樣。有點開心哎。

——二〇一四年十一月』

第八篇：『這是我第一次見到言倏媽媽，是意外。她對我還挺好的，還誇我禮貌懂事呢。

PS：怎麼她現在這麼嫌棄我！就因爲我不能生孩子嗎？言倏也不能生啊！而且，自私的言倏趁著自己失憶把李爾給辭退了，完全不想想我身爲小棉襖的感受。我肯定會被言倏爸爸討厭，雖然言倏爸爸到現在還沒找我算帳。

——二〇一五年一月』

言倏一笑，沒繼續翻下一頁了。

不可否認，小祖宗有賣慘的嫌疑。但沒有慘，哪來的賣？

他回頭看了一眼已經老老實實睡著的林爾酒，心忽然疼了一下。

現在的林爾酒跟七年前初見的時候沒多大變化。

大學時的林爾酒跟誰都聊得來，成績也好，還超級盲目自信，只有生活上笨笨的，也很可愛，每天都沒心沒肺。

跟自己在一起後，有了煩惱了，也被他媽媽討厭了。

他剛帶林爾酒回家時，他媽媽對酒酒就不是很友善，愛問一些刁鑽的問題，談到孩子，談到結婚，老是從女方的角度來對待林爾酒，顯然他的酒酒是不合格的。他的酒酒是一個男孩子，是一個要嘛他嫁到酒酒家去當小媳婦被使喚，要麼他將酒酒娶回家，讓酒酒來他家當小媳婦享福。

但他的酒酒還想著討好他媽媽。一次兩次後，言倏就不再帶林爾酒來自己家了。反正是跟他過日子，又不是跟他爸媽。

但逢年過節總要回去的，他也知道，林爾酒想被他媽媽喜歡。

就像每次他去林爾酒家過節，林爾酒總在私底下跟他說：「看看我爸媽對你多好啊。」口氣頗爲嫉妒。

現在他又把李爾給辭退了。

本來就不被他媽媽喜歡，現在林爾酒也在擔心不被他爸爸喜歡了。

第22章　日記得寫

小可憐媳婦對於言絛唉聲嘆氣了一晚上的事完全不知道，第二天強制要求言絛給他五個早安吻。

額頭、鼻子、兩邊臉頰、嘴巴。

言絛：「……」忽然就不怎麼心疼了。

早上準備好早飯後，言絛叫了試圖擦傢俱的林爾酒過來，還將林爾酒手裡的抹布搶走了。

「在哪裡拿的？」

「廚房。」

「抹布上面都是油，你直接擦櫃子？」

林爾酒被老公教訓一頓後悶悶不樂，換鞋的時候開始責怪言絛：「要不是你平時在家什麼都不讓我做，我能什麼都不會嗎？」

言倏穿著西裝，坐在駕駛座反駁：「小祖宗，我要你擦擦桌子了，是你不想做的。」

哼。就喜歡趁著他看電視的時候叫他做事。

林爾酒繼續悶悶不樂，言倏只好哄著：「不會就不會，家裡有一個會做的就可以。」

林爾酒聽了心情好了，但還是要頂嘴兩句，「據說，經常做家務的男人出軌率特別高。」

言倏一笑，打著方向盤說：「那你豈不是我出軌的小情人了？」

林爾酒哼哼一笑，頗爲驕傲，「我上位成功了。」

言倏失笑，等車停到了林爾酒公司門口，言倏看了看，離上班還有半個多小時，便拉住了想要下車的林爾酒。

林爾酒一臉疑惑。

「陪我一會吧。」

林爾酒看了眼時間，皺眉說：「你再不走，上班要遲到了。」

言條不走，「趙景在公司呢，他還不知道我恢復記憶了。」

偷懶！

林爾酒投去了頗有怨念的眼神。言條自動忽略，拉著林爾酒的小手說：「李爾的事，我爸沒放在心上。」

說到李爾，林爾酒就蔫掉了。

他毫無精神地癱在座椅上，嘆了大大一口氣，又開始賴言條了。

「都怪你一定要辭退李爾。你看看，爸到現在都還沒跟我聯絡，一定是對我很失望。」

言條側著臉看著林爾酒，「誰叫我的小棉襖只顧著誇李爾呢，他都被你誇成一朵花了，我還能留他？」

「哼。」

「酒酒你也知道，我媽不喜歡你是因爲你不能生個金孫，但是我爸沒理由不喜歡你。讓李爾過來上班確實是礙著他老朋友的面子，但他知道老朋友的兒子對我有不一樣的想法後，就不提這件事了。他不提，就是不要李爾過來了。酒酒，我跟你說過的。」

「你別騙我。」林爾酒小聲嘟囔，一年前的事，少來糊弄他。

言條無辜地說：「真的沒騙你，你跟我吵著呢。我哪裡吵得過你？」

林爾酒「哼」了一聲，更不想理言條了，但還是豎著耳朵，聽聽他老公能說出什麼花來。

言條繼續說：「我爸面冷心熱，幾十年了連我媽跟他說話，他都懶得理。我爸就是那樣，他不會主動承認是自己的問題，更不會主動說叫李爾別過來，但他心裡就是那麼想的，而且他還喜歡酒酒。」

說著言條就將手機給了林爾酒。

林爾酒臉一皺，將自己的手機給了言條。

他跟言條有約定，如果一方想查手機了，必須主動上繳自己的手機，抵押自己的手機才能看對方的。

言條將林爾酒的手機還了回去。

「你看看我跟我爸的聊天紀錄。」

「幹嘛突然要我看。」

林爾酒將自己的手機放在一旁，點開了言條跟言條爸的聊天對話框。

時間是夜裡十二點十一分。

林爾酒嘀咕著：「你怎麼又熬夜啊！」

然後看到了對話。

『我辭退了李爾。』

『嗯。』

『酒酒他有點擔心你會生氣，怪他。』

『小酒？我怪他什麼？』

『怕你誤會是他指使我辭掉李爾，惹你生氣。』

然後過了半小時，言倏爸才回覆：

『娶了媳婦都不會說話了，難不成還想讓老子親自去道歉？什麼玩意兒，你媳婦要是跑了，我非把你腿打斷不可。還想賴我？』

『……』

林爾酒抬頭看言條，「……你爸好凶啊。」

言條勾了勾林爾酒的手指，「還擔心我爸討厭你嗎？」

林爾酒扭捏了，攥緊言條的手，但心情是顯而易見好了。他很矜持地問：「那你是不是要找李爾談談？」

言條「嗯」了一聲，「他大概還不知道我恢復記憶了，到現在也沒來找過我。但是我還得跟他談談，怎麼樣也當過高中同學三年，能放下更好。」

林爾酒有些不大高興捏了捏言條的手，聲音酸酸的，「你怎麼就讓別人惦記這麼多年呢？」

言條失笑，「這種惦記我還真不想要。他惦記我、在我身上付出感情，但我什麼都不能給他，到頭來，我還覺得他煩。」

林爾酒裝作很淡定問：「那你想補償他嗎？」

言條歪著頭盯著林爾酒，眼眸微微彎起，「酒酒，你還真能找事無理取鬧。」

林爾酒將腦袋一偏，不給言條看。

言條湊過去親，轉正了林爾酒的腦袋，還故意不小心碰到了林爾酒的嘴唇才坐好，「惱羞成怒了？你說，我爲什麼要補償他？」

林爾酒被一個親親哄乖了，但聲音悶悶的，理直氣壯：「你都這麼對他了，他還喜歡你。你不用補償一下嗎？」

言倏看著林爾酒的側臉，故意說：「好啊，是你要我補償他的，跟我本人毫無關係啊。」

言倏話音剛落，林爾酒就湊了過去，張牙舞爪。

「你敢！」

「我不敢，我還得想想，怎麼補償這幾天以來認眞做事的小棉襖呢。」

聽了這話，林爾酒全身的炸毛一秒就下去了。

他哼哼了兩聲趴在了言倏身上，聲音小小的，「你爸不討厭我，可是你媽還是不喜歡我。」

言倏心一揪，手臂搭上了林爾酒的後背，輕聲說：「讓你委屈了。」

委屈的林爾酒「哼」了一聲，死死貼在言倏身上，「那我不寫日記了，還是你的小棉襖，我就不委屈了。」

言倏沒回應林爾酒的話，岔開話題表白，「媽不喜歡你，我喜歡呢。我好喜歡我的小情人。」

林爾酒臉一紅，不好意思了。

「言倏，雖然你很肉麻，但這改變不了你媽討厭我的事實。」

言倏嘆息，確實無法改變。

他的酒酒哪裡能生出大胖金孫。他能做的只是不讓他的酒酒被欺負，反正後來也只有逢年過節帶著酒酒回去一趟，他媽也懶著挑剔了，再挑剔兒子都不回家了。

言倏嘆了一口氣，亂想著解決方案，「那這樣吧，我們去領養個小孩，再讓媽在家幫我們帶孫子，她有了孫子，還怎麼討厭你？」

林爾酒立馬搖頭，「不要，不准。討厭就討厭，你還得照顧我呢。」

「我是你爸嗎？」

林爾酒很不要臉地說：「你是我的甜心爹地。」

言倏啞言一笑，正要開口。

林爾酒忽然抬頭，他的眼睛跟貓眼般又大又澄澈，一眼就能望見底，此刻正眼也不眨地看著言倏。

言條一愣，「怎麼了？」

「言條，其實沒有關係的。我又不是什麼完美的人，我有很多缺點，我早就看開了。我就是故意的，故意想讓你哄哄我。我只想要你天天圍著我轉，所以老公，你不要自責了。」

言條垂著眼眸看著林爾酒，忽然將林爾酒抱得更緊了。

「我的小祖宗怎麼這麼懂事了？」

林爾酒不忘反駁：「是小棉襖。」

「嗯，小棉襖。」

「那小棉襖不寫日記了。」

「不行，我的小棉襖還差我二十篇日記。」

「……言條你慢慢自責吧。」

小棉襖不陪言條了，生著氣去上班了。

生氣的小棉襖想起來了，他以前爲了能讓李爾能來上班，進而討好言條爸，就跟言條大吵大鬧的，言條拗不過他，曾苦口婆心說了一大堆。

林爾酒回憶了一下，什麼也沒想起來，他好像是左耳進右耳出了。

不過他還記得言條想要跟言條爸說清楚，被自己極力制止了。

林爾酒癱在了桌子上，唉聲嘆氣，但誓死不承認是自己的原因。

第23章　關於可樂

大學那時，在一起後的一個月。

林爾酒的碳酸飲料喝完後，言條沒有再補充，林爾酒以為言條只是忘記買。自己跑去買了一箱回來，放在寢室喝了一瓶後就去了社團。

等晚上回來的時候，林爾酒還想喝一瓶，但把寢室翻遍了都沒有找到飲料。

「爾酒，找什麼呢？」室友在桌前吃著飯問。

林爾酒已經蹲在地上查看櫃子縫隙了，「可樂，我買的一箱可樂。」

「我今天看到言條一間間送可樂給附近幾個寢室，」室友朝著自己桌前的一瓶可樂揚了揚下巴，「我也有一瓶。」

林爾酒扭頭看了過去。

「應該不會是我的吧？」林爾酒心裡有懷疑，跑去仔細觀察著室友的可樂。

但天下的可樂都一樣，他看不出來。而他的那一箱確實不見了。

「應該就是你的吧，那麼大一箱飲料，還能自己跑了？」室友很清醒，但林爾酒不清醒。

他不相信那麼好的言條會把他的可樂送給人。

林爾酒坐在桌前發訊息給言條。

——看到我的可樂了嗎？

言條過了一會才回了一個語音。

——沒看到。要吃什麼？

言條那邊的聲音很吵，學生的吵鬧聲中夾雜著幾聲餐廳阿姨的「不行啦，就這麼多——」

林爾酒回了一句：「牛肉拌飯。」

言條沒拿，那他的可樂去哪了？

林爾酒又繼續傳：可是室友看到你送可樂給別人了。

言條半天才回覆一句語音：我自己買的，想跟鄰近室友打好關係。

原來如此。

但是，他的呢？

林爾酒的一箱可樂不翼而飛了，晚上睡覺的時候悶悶不樂，翻來覆去睡不著，思考一箱飲料到底去哪了？

第二天上課還在跟言倏說：「我們寢室裡有賊。」

言倏認同：「有可能。」

那個賊就是他。

林爾酒又很疑惑地說：「但是，為什麼只偷我一箱可樂？電腦、平板這麼值錢的東西都不拿？」

「誰知道呢。」

「這樣吧，以後我買給你。每次買一瓶，買完就喝，怎麼樣都不會被偷了。」言倏雲淡風輕說著。

林爾酒樂了一下，又臉紅了一下，趴在桌子上不說話。等鈴聲響了後，他戳了戳言倏的手臂，賊兮兮地問：「真的啊？」

言倏一笑，低聲說：「當然。但前提是，你不准買。」

林爾酒嗯嗯點頭，樂得不行。

坐在他身邊的室友見林爾酒完全不懷疑言倏，一整個被戀愛中的林爾酒笨到了，開口想提個醒，「爾酒……」

室友剛開口，便被言倏一個眼刀盯上。言倏微微一笑，室友立刻閉上嘴。

「幹嘛？」

「沒事。」

「你要我啊。」林爾酒不高興，開始發脾氣了，首先把火力對準室友。

言倏沒想到林爾酒對他的一箱飲料如此執著，晚上回寢室的時候還追問舍監阿姨，走廊有沒有監視器。

「有，什麼東西不見了？」

林爾酒看到了希望，「可樂！我的一箱可樂！」

阿姨聽到林爾酒是爲了找一箱可樂，就把林爾酒轟走了。

言倏無奈，「不是說了我買給你嗎？」

林爾酒心很大，「可是我想要更多！」

一週一瓶，再多沒了。言倏心想。

言倏嚴格控制林爾酒喝碳酸飲料的次數，林爾酒偶爾會撒嬌想要多一點。

但言倏說：「那以後你自己買。」

林爾酒不高興，坐在桌前玩坦克大戰都沒那麼起勁了。

言倏嘆了一口氣。

晚上休息的時候，言倏爬到了林爾酒的床上，將心上人抱個滿懷。

「不高興了？」言倏低聲問。

林爾酒正躺在床上玩手機，穿著大褲衩和短袖，聞言將手機關了，在言倏的懷裡拱來拱去，似乎想要用自己的腦袋來對抗言倏的胸膛，「在家爸媽不讓我喝，到學校你也不讓我喝，煩死了。」

言倏啞言一笑，抱緊煩死了的林爾酒，「喝多了不好。你看有誰天天喝它的？」

林爾酒還是不開心，嘟囔著：「可是你之前都買好多給我的。」

言倏只好將林爾酒下巴抬起來，逼迫林爾酒看著他。

林爾酒眼裡滿滿都是委屈。

言倏盯著林爾酒的眼眸說：「酒酒，乖一點，是男朋友才會管你，不是男朋友，你一天喝一箱我都不會管。」

林爾酒聽完，脾氣好了一點，還有點竊喜，但依然冷哼了一聲，翻了一個身不看言絛。

言絛嘆息，在背後問林爾酒：「現在是不是不想要男朋友了？」

林爾酒正傲嬌著，聞言小臉一僵，又立馬翻身抱住言絛，對著言絛的臉蛋就是一陣親。

「不要！不喝就不喝。但你今晚得跟我一起睡，明天還要陪我去社團。」

言絛一笑，捏住了林爾酒的臉蛋，「這麼霸道？」

林爾酒冷哼一聲，就是這麼霸道！

宿舍床很小，林爾酒幾乎整個人趴在了言絛身上。

沒人管下面還有一隻單身狗，寂寞孤獨覺得冷。

第24章　關於吃醋

林爾酒跟言倏在一起已經一年了。本來他以前跟言倏動手動腳都覺得尷尬，現在已經是每天都要讓言倏抱一下才能去上課。

室友已經見怪不怪了，只是告誡林爾酒別太愛鬧。

林爾酒皺眉。

晚上，言倏陪他玩遊戲的時候，林爾酒還偷偷問了言倏自己鬧不鬧。

言倏說他不鬧，還說這樣的他挺可愛的。

林爾酒高興了，高興的林爾酒第二天就把言倏的手機要去查崗。

言倏的通訊軟體好友申請那裡有一大堆陌生人的申請。以前言倏沒關閉好友申請，帳號曝光後被不少人加了，後來他就拒絕加好友了。

但是以前的好友申請還在，申請的內容不堪入目。林爾酒一開始看就氣到了，看了很多遍還是很生氣。

什麼「哥哥約嗎？」、「哥哥好帥！」、「學弟我不介意當小三」，更過分的是，還有說「學弟，我看到你男朋友跟別的男人親嘴，拍了照片，同意一下」。

他除了跟言絛親嘴還能跟誰親嘴？

林爾酒再次氣得要死，把手機還給了言絛，還湊過去說：「你完蛋了。」

言絛自然是知道林爾酒在氣什麼。

林爾酒總是在想要生氣的時候拿他的手機看一下，隨後提出過分要求。但林爾酒的過分要求對他而言，某種程度上也可以說是情趣。

還挺開心的，因爲林爾酒可以每次看到那些好友申請都氣一次，純吃醋的那種。

言絛低聲哄著：「晚上替你暖床。」

林爾酒趴在桌子上伸出一根手指頭搖晃著，表示拒絕。

「那替你暖身子？」

林爾酒伸出兩根手指頭，鞠躬了一下，表示同意。

言絛正感嘆這麼容易就好了的時候，手指頭忽然搖晃了起來。

這是？

還要加條件？

言條好笑，但又想了想說：「再加個早安吻？」

林爾酒的兩根手指又在鞠躬了，鞠躬完後又看了一眼講臺的老師，才湊過去小聲說：「早安吻都有了，也要有晚安吻。」說完就皺著眉頭表示自己很生氣，言條必須同意才能過關。

言條笑了笑，只好同意。

果然，林爾酒皺著的眉頭消散了，還得意了起來。

因爲言條的縱容，林爾酒越發愛吃醋了。比如言條今天瞥了一眼對面好看的小姊姊，就罰言條要親他。言條晚上回來太晚，就罰言條陪他睡覺。言條又跟趙景混到一塊了，雖然是在忙正事，但要罰言條抱他一下。

趙景這個人是言條從小玩到大的兄弟。光是「從小玩到大」這幾個字，就足夠讓林爾酒吃醋的了。

但是他毫無辦法。

既然沒有辦法，只能加入他們了。

所以每次言條去找趙景的時候，林爾酒都要言條帶著他。但林爾酒也聽不懂他們的聊天內容，去了只能玩手機、打哈欠和想睡覺。

要他下次別跟了，還不肯。

言條跟趙景談完後，林爾酒已經靠在沙發上睡著了。趙景輕手輕腳回到自己的臥室，把客廳留給了言條和林爾酒。

言條剛抱起林爾酒，林爾酒就迷迷糊糊睜開了眼。

「結束了？」林爾酒圈住了言條的脖子，伸過去半邊臉。

言條親了一口後，抵著林爾酒的腦袋輕聲說：「酒酒，我想跟你商量一件事。」

「什麼事？」

「這個醋不要吃了。」

林爾酒垂著眼眸不說話。

言條繼續說：「但是不吃醋，你也可以提要求的。」

林爾酒眼睛亮了，又撇起了嘴巴試探。

果然，被言條親了。

晚上，林爾酒縮在言條懷裡小聲抱怨：「就不能住外面嗎？我們都大三了，趙景都住外面了。」

言條壓低了聲音說：「我們住外面那就是同居了。酒酒，我現在是給你足夠的私人空間。等畢業後跟我結了婚，你就要天天跟我睡在一起了。」

林爾酒臉一紅，鑽進被子裡抱住言條的腰，不說話了。

但一直鬧的林爾酒也有翻車的時候——不知道是誰傳了一張照片給言條。

照片是他在餐廳吃飯，但是被別人捏了一下臉。

林爾酒記得那個人是突然跑過來掐了他一下，他一站起來，那人就跑不見了，他白白被占了便宜。

但怎麼說也是男人，林爾酒氣了一頓後也就忘光了。

照片被傳給言條，林爾酒也感到意外。

「我……」他張嘴想解釋，結果下一秒就被言條堵住了嘴，好半晌才放開。

「這一週你胡鬧的權利被剝奪了。」言倏的聲音有點冷。

「我還沒解釋，我也是受害者啊。」

「現在是兩週了。」

林爾酒閉嘴了。

閉嘴一分鐘後申請解釋。

言倏沒通過。他也不是吃醋，只是生氣林爾酒平白無故被占了便宜後還不放在心上，這次是捏臉，要是下次直接捏屁股呢？也就這樣算了？說都不跟他說一聲？

林爾酒可憐巴巴地申請了半個小時，言倏才同意了林爾酒的申請。

給點教訓。

不然下次還敢這樣。

第25章　結婚同居

林爾酒大學四年都住學校宿舍，讓同寢室的一個室友吃了四年狗糧，因此結婚的時候也把室友請了過去。

室友當場抹了一把辛酸淚，「終於結束了。」

結婚後，小倆口正式住在一起。

林爾酒還有些緊張，晚上躺在新床上睡不著，翻來覆去的，言倏不得已將拱來拱去的林爾酒死死抱住，「興奮成這樣？」

林爾酒被言倏抱住就乖了，但眼睛在黑暗中特別特別亮，聲音也很興奮，「我想再去看看我們的結婚證書。」

言倏無奈地放開了林爾酒，「去吧。」不讓小祖宗去看，可能要鬧一晚上。

林爾酒一個鯉魚打挺坐了起來，摸黑用手機微弱的光去翻櫃子，言倏替林爾酒將燈打開了。

「別仗著是地毯就不看路，摔痛了讓人心疼。」

剛布置新家的時候，林爾酒就因爲在客廳跟裝修師傅說話，說著說著剛一起身，直接就仆地了。

他的腿摔痛了，在裝修師傅面前也丟臉了，一回房就要求揉腿，晚上睡覺還得繼續揉。

愛作怪。

因此房間裝修時自然也加上了地毯。

林爾酒蹲在地上捏著結婚證書本，聲音故作淡定，「不會的，老公你睡吧。」

說完又很期待看著言倏。

言倏莞爾，側躺著回應著林爾酒，「老婆也要早點睡哦。」

林爾酒捧著小本本偷笑。

言倏也笑了一聲，有點幸福怎麼辦？

住在一起還得解決吃穿問題。

早上牛奶麵包加個雞蛋就差不多了，中午在公司解決。晚上逛超市的時候，林爾酒建議先點外賣，要等他再練練手藝。

言倏挑了一把青菜，「默認是你煮飯了？」

林爾酒將推車裡的青菜放回去，點點頭，一臉認真，「我比你閒一點。你還得管理一整個公司，況且煮飯不是有手就行嗎？」

言倏心裡真的是又暖又好笑，「是吧。」說著又當著林爾酒的面將一把青菜放了進去。

林爾酒撇了撇嘴，小聲嘀咕：「我才不炒呢。」不等言倏回話，推著車就走，還順便買了一本食譜大全。

但回去後，言倏仍然沒讓林爾酒煮飯。

林爾酒捧著食譜大全皺著眉思考的時候，言倏已經動手在做了。林爾酒原本是秉持著包容新婚丈夫的態度，讓老公自己嘗試一下失敗的感覺。但他動了動鼻子，香味已經從廚房飄了過來。

林爾酒放下書跑了過去，鍋裡是賣相極佳的馬鈴薯炒肉絲。

林爾酒驚訝地說：「言倏你會炒菜啊！」

言倏說：「事先學了點，只會些簡單的，以後再弄複雜的。」

林爾酒「哦」了一聲，也不看食譜大全了，便在旁邊幫忙，還將可惡的青菜全洗了。言倏炒菜，他就勉強賞賞臉吧。

等做好後，每道菜味道還都不差。

林爾酒毫不吝嗇自己的誇獎，還越發覺得做菜這件事有手就辦得到。

林爾酒晚上還是研究了一下食譜，研究了一晚上，最後還是言倏動用了非常規手段才讓林爾酒睡覺。

但林爾酒第二天晚上回家就找不到自己的食譜了。

他跑去問言倏。

言倏說：「找不到就找不到吧。家裡有一個會的就行。」

林爾酒反對，「你會累的！」

言倏一笑，抱了抱林爾酒。林爾酒順勢就伸過去一邊臉蛋讓言倏親，言倏親了兩口。

林爾酒高興了，抱緊了言倏，嘴上還撒著嬌說：「不想讓你累！」

言倏將下巴抵在林爾酒的腦袋上，「酒酒眞體貼。這樣吧，等我累的時候再換你。食譜沒什麼好看的，反正不是有手就行嗎？」

林爾酒懷疑，「眞的有手就行？」

言倏「嗯」了一聲，「我也沒怎麼學。你不天天說好吃嗎？」他是吹牛瞎說的。

原來如此。林爾酒信了，也不想找他的食譜大全了。

但是言倏一直沒讓林爾酒做家務，家裡買了洗碗機和掃地機器，洗衣服也有洗衣機，並沒有需要林爾酒的地方。

才一個月，林爾酒就成了家裡的大爺了。

這位家裡的大爺太閒了，以至於每天下班回家就數著言倏幾點回家，結果言倏不爭氣，竟然一次比一次晚。

林爾酒不高興，跟言倏抱怨了一下，但言倏只想著跟林爾酒親熱沒放在心上。第二天晚上回來還更晚了，回來時都已經十二點，還帶著有些憔悴的臉蛋。

林爾酒又心疼又生氣，隔天晚上又收到言倏說要加班的消息。

林爾酒皺眉，這個男人顯然是沒把他的話放在心上！

林爾酒瞥到角落裡的行李箱，一股腦兒將言條的衣服全塞了進去。

晚歸的人不配有衣服穿！

行李箱被塞得滿滿後，林爾酒拖著行李箱就離家出走了，決定給晚歸的言條一個教訓。

那邊收到消息的言條懵了——剛娶到手的媳婦，沒了？

第26章　關於蜜月

結婚一年，言倏的公司營運也穩定了下來，週末言倏和林爾酒準備去隔壁市的海邊玩兩天。

週五晚上，言倏把兩人的行李收拾好了後，週六一早便開車去了隔壁市的海邊度假村。

言倏開了一間房，將行李放好，又順便將窗簾拉開。一回頭的工夫，林爾酒竟然已經脫得只剩下內褲了。

言倏立刻面無表情地快手將窗戶拉上。

林爾酒脫完後才跑去翻行李箱，將自己跟言倏的沙灘褲翻了出來，催著還穿得好好的言倏，「快點！快點！」

言倏一口拒絕，「我在周圍撿撿石頭就好。」

沙灘褲不是他帶的，還是小祖宗早上起來特意塞進去的。

林爾酒一臉無語，「石頭有什麼好撿的？我們要去玩水！」

言條拗不過林爾酒，不得已換上了沙灘褲，但林爾酒也在言條的強迫下，穿上了一件T恤。

林爾酒十分不滿，不過他還是有點怕板著臉的言條，只好小聲埋怨：「我還要玩水呢。」

「玩水的時候再脫。」

林爾酒眼睛一亮，主動伸過去牽住言條的手，笑瞇瞇地說：「老公真好！」

言條無奈表示，「只有現在好？」

海邊遊人挺多的，光著上身的人也不少。林爾酒一開始跟著言條在淺處撿石頭，但撿著撿著，林爾酒就不想撿了，他想玩水。

言條接過林爾酒脫下的衣服叮囑：「只准在淺水處玩玩。」

林爾酒嗯嗯點著頭。

林爾酒游了一會，還是想跟言倏一塊玩。他剛看向言倏那邊，不看還好，看了瞬間一肚子火。

言倏躺在沙灘椅上，懷裡放著他的衣服。但他旁邊站了一個高高瘦瘦的外國女人，穿著碎花長裙，彎著腰好像跟言倏說什麼話。

林爾酒跑了過去，在女人不解的目光中用著自己蹩腳的英文說：「He is my husband。」口氣占有欲十足，要是女人還不走，他就親一口言倏來證明。

女人表情誇張，「##%^*^%^##。」

林爾酒一句都沒聽懂。

言倏的求生欲很強，閉著眼裝睡。

「###3@%&*6。」女人說完就走了。

林爾酒一頭霧水，也不想教訓言倏了，蹲在一旁問：「她說什麼？」

言倏這才緩緩睜開眼，「不知道。」

林爾酒皺眉，「怎麼可能？你不是跟她在聊天嗎？我不來的話，是不是就背著我聊下去了？」說著說著開始吃醋了，醋味已經瀰漫到言倏的鼻尖。

言條讓位給林爾酒，「過來晾一會，等身上乾了再穿衣服。」

林爾酒很不滿，但還是躺了過去，嘀咕著：「你還沒回答我呢。」

言條滿心無奈，「我能回答什麼？除了中文和英文，我還會什麼語言？小祖宗，我是真的沒聽懂。」

林爾酒還是很不高興，「她在你這裡待了好久！」

「最多兩分鐘你就來了。酒酒，吃醋就算了，回去可不准離家出走。」

林爾酒撇了撇嘴，「好吧。」回去當然不離家出走。回去他們都玩累了，要等言條休息好了再離家出走，那樣言條才有力氣哄他！

林爾酒雖然說撿石頭不好玩，但他還是撿了好幾個石頭說要帶回家做紀念，言條隨林爾酒去。

傍晚回酒店時林爾酒已經玩累了，看到床就想睡覺。

言條把想要往床上跳的林爾酒一把摟住，把人往浴室推去，「先洗澡，不嫌髒？」

林爾酒沒力氣了，靠在言條身上被言條推著往前走，聲音也很虛弱，「不髒，我想睡覺了。」

「聽話，洗完就睡，不然容易感冒。」

林爾酒很不想洗澡，但是沒有辦法。不洗澡就不能睡覺。

「那你幫我拿睡衣，再幫我穿。」

「我是柳下惠嗎？」

「你是武二郎，我是不中用需要你照顧的武大郎。」

「那金蓮呢？」

林爾酒靠在言絛身上有氣無力說：「金蓮跟人跑了。我只有你了，言二郎。」

「……」

林爾酒洗完澡出來果然沒穿衣服，大字平躺在床上讓言絛幫他穿。

言絛碰了碰林爾酒的小爾酒和水蜜桃，最終選擇捏了捏林爾酒的胸前，嘆了口氣，認命地替已經睡著很沉的林爾酒穿上衣服，自己則去洗了個冷水澡。

言絛今日日記：

小祖宗就知道怎麼折磨我，我還不能對他怎樣。真的是被他拿捏得死死的，不虧是我家的小祖宗。

第27章　關於過年

去年除夕，言倏是跟著林爾酒在媳婦家裡過的，今年，林爾酒要去言倏家過了。林爾酒很不想去，那天吃完早飯就跑到床上癱著不起來。言倏站在一旁把兩人的行李收好後，走到床邊拍了一巴掌林爾酒的屁股，「該出發了，媽已經在催了。」

林爾酒趴在床上蹂躪著枕頭，「枕頭說想我了！」

「言倏說要教訓酒酒了。」

林爾酒不情願地起來，「你媽肯定又要說我生不出孩子了。」言倏坐在林爾酒旁邊，將他摟進懷裡，「不會的，我媽已經答應不提小孩的事。」

林爾酒不信，抱緊言倏，腳還在地上踢了一陣，冷哼一聲，「我還沒穿鞋子。」

小祖宗越發會使喚言倏了。

除夕那天早上路上不塞，兩人大概一個多小時就到了言倏家。言倏媽媽看到言倏挺高興的，還幫兒子把衣服掛在一旁，順便幫林爾酒也掛了。以前她給自己兒子掛衣服，然後自己兒子給自己媳婦掛衣服，所以林爾酒有點受寵若驚，跟言倏小聲嘀咕：「媽變了。」

言倏捏了捏林爾酒的手背，同樣低聲說：「我都說了，媽現在已經看開了。」

林爾酒還是不信。

午飯隨便吃了點，過程中，林爾酒竟然沒有聽到言倏媽提孩子的話題，有點不習慣。

吃完午飯林爾酒跟言倏躺在沙發上，林爾酒還是覺得渾身不對勁，時不時往廚房張望著。

「祖宗，老實點？」言倏在一旁陪著林爾酒看無聊的《落魄公主追愛記》。從他失憶到恢復記憶這麼久，這部劇還沒播完。據酒酒說，目前是女主失憶忘記了男主，男主正在追妻火葬場。酒酒還真誠地跟他說：「如果我以後失憶了，你直接說你是我老公就好，我絕對不會不要你。」

言條完全不想理沉浸在自我感動的林爾酒。他是渣了林爾酒，還是在失憶的時候欺負了林爾酒？他還需要林爾酒的要不要？

不要也得要。

所以那天晚上，言條讓林爾酒在床上喊了他一晚上的老公，並且冠冕堂皇地說：「等你眞的失去記憶了，醒來第一眼看到我，本能就知道要喊老公了。」

哼。

林爾酒再也不想說失憶的事了，但電視劇要繼續看。

然而今天林爾酒看劇看得很不安穩，側頭詢問言條：「媽在洗碗，我要去幫忙嗎？」

言條揉了一把林爾酒腦袋，「祖宗，你還想打破幾個碗？媽就算眞的還是不喜歡你，也不敢讓我家祖宗做事啊。」

洗碗弄破碗，拖地一路水，煮飯就別提了，澆個花都能將整個水壺灌進了花盆裡——解釋一下，他是腳滑，水壺直接飛進花盆，水全撒了出來。

廢物大爺酒酒。

林爾酒被說得有些臉紅，「我之前做過茄子燜肉，你還說好吃呢。」

「好吃是好吃，但廚房那慘況……你說說我花了多長時間打掃？」

在算帳這方面，林爾酒算不過言條。因爲他自己，是眞的廢物。

林爾酒冷哼了一聲，不看言條媽了，轉身抱住老公，輕輕咬了一口他的下巴，「你慣壞的，怪你！」

極其囂張的祖宗。

言條抱好林爾酒，「是是，我慣壞的。小棉襖還暖和嗎？」

言條突然岔開了話題，林爾酒莫名其妙，「幹嘛？」

「睏了，給我暖床唄。」

林爾酒想看電視，但是言條這段時間因爲公司的事確實睡得少，好不容易有休息時間了，還坐在這裡陪他看電視。

小棉襖立刻將電視關了。

言條媽聽到沙發那裡沒動靜了，還大聲詢問：「要出去？」

言條起身，「不是，午睡呢。」

林爾酒又緊張又懊惱，「不應該關的，媽肯定要說我是小妖精了。」

言條沒忍住心中一樂，低聲說：「我媽從來沒這麼說過啊。」

確實，言條媽雖然不喜歡林爾酒，但除了孩子，也沒說過林爾酒其他方面不好。結婚前，言條媽還跟林爾酒說了一堆言條的壞話，希望林爾酒能「認清」言條這個人，但林爾酒沒當一回事，還勸言條媽給言條留點面子。

結婚後就是說小孩的事。言條媽想抱孫子。但林爾酒生不了，所以每次見林爾酒的時候都會故意提到孩子，誰家媳婦懷孕了，誰家小孩滿月了之類的，最後再感嘆一句：「也不知道進棺材前，我能不能見到孫子囉。」

所以林爾酒不想來言條家。他眞的生不了小孩！

但林爾酒跟言條媽沒有鬧僵，也是因爲言條媽沒想過拆散他們。雖然她經常提孩子的事，卻也沒說要他們離婚之類的話，言語上的攻擊也就僅限於此了。

林爾酒侷促地想要跑，又聽到言條媽的回應：「也行。多休息休息，睡醒了一起包餃子啊。」

果然沒說。

但林爾酒已經有了小妖精的自覺，到了房間主動鑽進了被窩，對旁邊正掀著被子的言條說：「少爺快點來睡覺吧，床不暖和，但是我暖和呀！」

言條挑眉，「丫鬟酒酒？」

「嗯！」

「抱～～」纏人的丫鬟酒酒。

午休後，林爾酒幫著言條爸媽包餃子。

林爾酒也不全是廢物，像包餃子這種簡單的活，他還是可以的，就是包得比較醜而已。言條媽在一旁見怪不怪了，反正每年林爾酒包的餃子都那樣，「包得比去年進步了。」言條媽迅速說完一句話，臉色微微有些發紅。

林爾酒驚訝定格，他看了看言條的餃子、言條爸的餃子，再看看自己包的。

所以，言條媽在誇他？？

林爾酒臉憋紅了也不知道說什麼，言條在一旁看到了，忍不住一笑，「媽，酒酒跟你說謝謝呢，他不好意思。」

不好意思的酒酒不敢抬頭。

言條媽也不太自然，也是言條爸傳話的，「你媽也不好意思，她現在啊，就想你們兩個年輕人能好好的，孩子不孩子的都已經看開了。」

言倏笑了笑，將手上沾上的麵粉往林爾酒鼻子上輕輕一點。林爾酒正老實害羞不敢反抗，但忍不住用手肘撞了一下言倏。

言倏爸都看在眼裡，還跟言倏媽說：「小倆口多好？眞等後悔就來不及了。」說著又看向言倏跟林爾酒，「你們還記得，住在我們樓上的高中生小李吧？」

言倏和林爾酒「嗯」了一聲。

言倏爸嘆了一口氣，「前段時間，他離家出走了。他在學校跟一個男的接吻被看到了，本來沒多大的事，但另一方扭頭就說他是被小李逼的。我跟你媽還算開明，這年頭同性戀雖然合法了，但不接受的人也不少。結果，他們在學校被指指點點，回家還要找家長，小李爸媽也是糊塗，同性戀又不是病怎麼治療？直接把人逼走了，現在已經幾個月了還沒找到人。所以你們媽現在啊，就希望你們好好的就行。」

林爾酒一怔，有些恍惚。

言倏忽然握住了林爾酒的手。

林爾酒抬頭，言倏的眼眸堅定且溫柔。

年夜飯是晚上。

言條媽做了一大桌菜。言條在一旁把林爾酒包的餃子都撈了上來，「除了我，大概沒人吃了。」

每年林爾酒包的餃子都被言條全包了。林爾酒包餃子很慢，又巨醜，無比好認。

但林爾酒自從下午聽言條爸說了高中生離家出走的事後，就一直皺著眉頭，連看電視都是皺著眉的。

言條好奇地在林爾酒眼前晃了一下，林爾酒直接往前親了一口言條的手，然後對著言條的臉又是一頓猛親，「這就是打擾我思考人生的下場！」

「……」

行吧，言條不打擾愛思考的酒酒。

吃完年夜飯後，言條拿著從雜貨店買的煙火叫林爾酒去樓下。

很冷，但過年的外面很熱鬧，雖然沒什麼人放大型煙火，但周圍都是些小孩放小煙火，氣氛很歡快。

言倏點燃了一根仙女棒給林爾酒，他的面容在火花的映襯下格外溫柔帥氣。林爾酒望望言倏，望望手裡的煙火，一直到火花熄滅，言倏又問：「還要玩嗎？」

林爾酒「嗯」了一聲，在言倏點燃煙火的時候，林爾酒突然從後面抱住了言倏的腰。

「嗯？」

「言倏，我的人生思考完了。」林爾酒將臉蛋埋在言倏的後背，聲音低低的，「我好幸福，有開明的父母，遇到了特別喜歡的丈夫，每次離家出走都有人來接。我的人生好幸福啊！」

言倏低聲一笑，握緊了林爾酒的手，「哲學家酒酒的思考果然簡單粗暴。」

林爾酒正要不高興，言倏又說：「我的人生也很幸福，因為遇到了小棉襖。一想到能跟小棉襖一起走到牙都沒了的時候，未來好像也沒有什麼恐懼的了。」

林爾酒整張臉一下子紅了，情話果然還是言倏強。

十二點時煙火滿天齊放，林爾酒和言倏抬著頭看天邊的煙火。

「新年快樂！親我一口。」

「新年快樂。新的一年少幾次離家出走吧。」

我考慮考慮吧。林爾酒心想。

第28章　關於小孩

林爾酒最近被公司的小姊姊推薦看了一本小說。小姊姊說書裡面的攻和受跟他和言倏很像。

林爾酒抱著看傳記的態度打開了小說。

是現代ABO文，還有肉。

林爾酒看得面紅耳赤，常常一個人躲在廁所半天不出來。這種書，他看著怪羞恥的，但又忍不住想看，因爲一旦代入了他跟言倏，故事內容就有了深意。

林爾酒正看到性張力爆表的一章，廁所門突然被敲了敲。

林爾酒一驚，將手機畫面轉黑。

他聽到言倏擔憂的聲音傳來：「是不是便秘了？」

一連好幾天，林爾酒在廁所都能待上一個小時。

「不是！我馬上出來！」林爾酒矢口否認，出來的時候臉蛋還紅撲撲的。

言條蹙著眉看他，他見言條正要開口，立馬抱住言條，「我今天超級想你的！」

言條稍微有點吃這套，捏住了林爾酒的臉蛋，「轉移話題還挺快的？」林爾酒眼眸一彎，撅著嘴巴再接再厲，「我還想親你。」

話題果然被林爾酒轉移了過去。

但林爾酒還想看小說。

晚上睡覺的時候，林爾酒一直傾聽著言條的呼吸聲，直到呼吸聲穩定之後，才悄悄摸到了自己放在櫃子旁邊的手機。

拿到手機的時候，林爾酒又看了一眼言條，然後才跟做賊似的往廁所而去。

等林爾酒走遠了之後，床上的言條睜開了眼睛，眼中毫無睡意。

林爾酒在廁所將最後的十章看完了，剩下來的十章有九章都在開車，關於小孩的描寫特別少。但就是因爲少，林爾酒在作者的隻言片語中，感受到了孩子的可愛。

乖巧懂事天真無邪，簡直人間小天使！

這種小天使，真的存在嗎?!

林爾酒對養小孩有點心動了。

林爾酒看完偷摸著回去。床上的言條閉著眼睛還在睡覺，連身體都沒有翻。很好，言條不會知道他看小黃書的事！

林爾酒嘴角微微上揚，但是剛躺進被窩，便被言條一把摟住！

「沒睡著啊？」林爾酒僵硬著不敢動。

「嗯。」言條啞著嗓子應了一聲。

「我……」

「明天帶你去看看。」言條打斷了林爾酒的狡辯。

「看什麼？」林爾酒茫然，眨著眼睛很有精神。

「看腸胃，看便秘。酒酒，你又在廁所待了一個小時。」

林爾酒翻身抱住言條，「我現在……」

「你現在愛我愛到不行都沒用了。小祖宗小棉襖，這不丟臉。你想讓我擔心嗎？」言條拒絕林爾酒的糖衣炮彈，很冷靜很嚴肅地說著。

林爾酒聽到小棉襖就老實了。他又躺在了言條的懷裡，「怎麼可能？這不是丟不丟人的問題，是我……」

林爾酒支吾了起來。

「嗯？」

「哎呦，」林爾酒看了言條一眼，有些不好意思，「你覺得我能不能生孩子？」

「嗯？」言條更疑惑了，他有點跟不上林爾酒的思考邏輯了。

林爾酒將腦袋埋進言條的胸膛，有些羞恥地說：「我最近在看一本小說，男男生子文，裡面關於怎麼生子的都詳細描繪出來了。我感覺我也知道怎麼生小孩了，言條，你要跟我試試嗎？」

言條好像明白了。

他媳婦在偷偷看小黃文，還試圖把小黃文包裝成科普文。

言條拍了拍林爾酒的屁股，低聲問：「你能生嗎？」

言條只是簡單的詢問，卻硬是被已經很羞恥的林爾酒聽出了嘲笑的意思，他抬頭瞪著言條，語氣強硬：「我能！」

說著就上手了。

言倏十分配合林爾酒的投懷送抱。

一個月後，林爾酒下班回家，在家裡見到了一個小男孩，大概四、五歲，穿著整齊的吊帶褲，坐在地上玩著小汽車。

言倏偷偷去育幼院領養了孩子？

但是沒跟他說啊！

而且不是說再等等嗎？

繼上一次林爾酒看完生子文後，他有了想領養小孩的衝動，但言倏以他不夠成熟爲理由拒絕了。

林爾酒認爲自己夠成熟，所以很不滿言倏的拒絕，打開衣櫃就準備塞言倏的衣服放進行李箱。

言倏萬般無奈，關上了衣櫃門，溫聲跟林爾酒商量：「給我們半年的考慮期。如果半年後你還想養，我們就去領養。」

林爾酒看向言條，「這麼久？」

言條耐心地說：「養小孩不是養花養草。酒酒，你確定你現在已經做好對一個生命負責了嗎？」

林爾酒聽了有些猶豫。

言條揉了揉林爾酒的腦袋，「而且養了小孩，我的精力就不可能完全在小棉襖身上了。」

小棉襖林爾酒瞬間就不想領養了，他還沒有做好跟別人分享言條的準備。

「別喊我小棉襖，我現在不想當小棉襖了。」林爾酒聲音悶悶的，抱緊了言條。自從言條恢復記憶後，林爾酒就在小棉襖和小祖宗之間自由切換。

想鬧的時候就是小祖宗，想乖巧的時候就是小棉襖。

但現在他只想當祖宗。

當祖宗可以光明正大任性，當小棉襖只能偷偷摸摸任性。

限定款的小棉襖，永久款的小祖宗——言條不止一次這樣調侃林爾酒。

但是半年的考慮期才過一個月，家裡就出現了一個小孩。

小男孩聽到門打開的動靜，抬頭看了一眼林爾酒的方向，看到林爾酒後口齒不清笑嘻嘻地說：「叔叔好，言條叔叔在煮飯給我吃。」一臉驕傲。

林爾酒看著怪不是滋味的，但他不認識這小孩。林爾酒皺緊了眉頭，抬頭看到自家老公在廚房忙碌的背影，小跑了過去。

「回來了？」言條穿著圍裙，正在倒可樂。

林爾酒瞥了一眼鍋裡的雞翅。言條正在做可樂雞翅。

「你不是說放可樂跟放糖沒什麼兩樣嗎？怎麼還買了可樂？」林爾酒說著就接過剩下來的可樂，理所當然喝了一大口。

言條笑笑說：「看到外面的小孩了嗎？親戚家的，父母臨時有事，托在我們家照顧幾天。他要吃可樂雞翅，酒酒，你沾光了呢。」

林爾酒喝可樂的動作一頓，瞬間將瓶口拎好，聲音悶悶的，「不喝了。」然後皺著眉頭靠在一旁一動不動。

言條瞥了一眼林爾酒，「叛逆時間到了？」

林爾酒很煩躁，壓低了聲音，湊過去問：「那小孩要住幾天啊？」

煩死了，待在我家還要我的言條替他做菜，還指名可樂雞翅，然後言條眞的買了可樂！

他這個媳婦都只配用糖！

言倏一愣，立刻明白了，旋即打趣：「你這樣還想著養小孩？人家才住幾天都受不了？嗯？」

林爾酒臉一紅，「他能回家去嗎？」

「暫時不能。」

林爾酒嘴一撇，走過去洗白菜，邊洗邊嘟囔著：「我是小白菜，又白又菜沒人愛。」

言倏沒忍住又是一笑。

小孩在林爾酒家住了三天，玩林爾酒的遊戲，看林爾酒的電視，晚上睡不著霸占林爾酒的人，還很不喜歡林爾酒。

因為林爾酒總是想跟他搶言倏叔叔。

林爾酒悶悶不樂，默默承受。

熬到小孩睡著之後，言倏才回了房。林爾酒坐靠在床上，投出一枚幽怨的眼神，「回來了？」

言倏一笑，掀開被子鑽了進去，「講了睡前故事呢。酒酒大朋友也想要言倏叔叔講故事嗎？」

林爾酒也鑽進了被窩，但是背對著言倏，語氣很沮喪：「不要。言倏叔叔有了新歡不要舊愛了。」

言倏覺得自己很無辜，「哪來的新歡和舊愛？我不就只有一個不當小棉襖的小祖宗嗎？」從後面將林爾酒環抱住，調侃著：「酒酒是白醋精轉世嗎？」

林爾酒悶悶地說：「我是白菜轉世。又白又菜沒人愛。」

言倏笑了笑，「那我來打開看看小白菜白不白。」

第三天，小孩心不甘情不願走的時候，想要言倏親他一下，還特意強調不要林爾酒親。

林爾酒爆炸了，「你以爲我想親你啊？」

小男孩很苦惱，「當然呀！你們大人就愛親小孩。」

林爾酒：「……」氣成河豚了。

小男孩還在催促著言倏，「言倏叔叔，你親我一下呀！」

言倏懷疑自己要是眞親了，他家的小祖宗絕對下一秒就要離家出走。

林爾酒冷哼一聲，替言倏回絕，「不親。一天到晚就把親親掛在嘴巴，你還是小男子漢嗎？」

小男孩歪著頭疑惑，他口齒清晰地詢問：「可是我昨天看到酒酒叔叔向言倏叔叔要親親，要了五個。那酒酒叔叔是不是一點都不是男子漢？」

聲音挺大的。

林爾酒也聽到了，還挺尷尬的。

言倏悶聲一笑。林爾酒只好故作淡定：「我不一樣。」

「爲什麼？」

「煩死了。你快回家吧。」

解釋不了啦。

「那讓言倏叔叔親我四下吧。比酒酒叔叔你少一下，那酒酒叔叔就不吃醋了吧？」

言條問：「你還知道什麼是吃醋啊？」

小男孩挺起了胸膛，一臉驕傲，正要開口，門鈴響了，小男孩的爸媽來了。

小男孩臨走前還在想著言條叔叔沒親他，依依不捨說以後還想來。

等小男孩走了後，言條關上門，後背便被林爾酒緊緊抱住。

「人家的小孩算聽話的，我沒什麼太操心的地方。等到以後領養了一個小孩，萬一是個調皮的，酒酒，我可能得花很多時間教他。」

林爾酒沉默半晌，才說：「不養了。我只養自己生的。你努力努力。」

言條莞爾。

他努二百分的力，也不能讓酒酒生一個啊！

他的酒酒眞像是個小朋友，而他只有一個人，還眞沒精力照顧兩個小孩。

言條這幾天公司不忙，林爾酒也沒想著離家出走。他還以爲林爾酒眞的懂事了、當小棉襖了。言條打算帶人看電影，大朋友這幾天被忽略了，怎麼樣也得補償一下，而且看電影當然會有爆米花和可樂，所以林爾酒很愛看電影。但言倏沒想到的是，林爾酒第二天就離家出走了。

酒酒離家出走記：

『新的一年又開始了，第三十二次離家出走。因爲家裡來了小朋友，大朋友覺得被忽略了，所以一直在找機會離家出走。這幾天我不忙，就以爲這是不會離家出走了？果然，是我小瞧了小媳婦。前幾天一直在照顧親戚家小孩，小媳婦覺得我累到了呢，所以給我幾天緩和時間，不然他離家出走了，我都沒力氣哄他。我是不是該誇一下小媳婦還挺體貼的？不能。離家出走慣不得，千萬不能被小媳婦 PUA（養套殺）了。』

第29章　同性夫夫日常

〈同性夫夫日常〉是《星火火》雜誌新推出來的專欄，旨在瞭解生活中甜蜜的夫夫日常，裡面會附上夫夫照片，和夫夫互相的評價。

雜誌銷量還不錯，裡面都是高顏值的夫夫。

林爾酒覺得他跟言倏就是高顏值的夫夫。他跟言倏提了提，言倏沒放在心上，「要去自己去，但別胡說八道。」

這意思是他不去。

林爾酒自己去也行的，於是他就報名參加了。因爲只有他一個人，林爾酒還提供了許多他跟言倏相愛的照片，並且把結婚證書也帶去了。

專欄負責人高興極了，頻頻問林爾酒能不能把結婚證書照片也貼上，他們會保護隱私的。

林爾酒無所謂。

一個月後的某天。

趙景樂呵呵地將一本雜誌放在言條桌上，還特別找死地說：「你跟你媳婦上雜誌了耶。哎呦，沒想到你還這麼悶騷。」

言條看了一眼封面，《星火火》？好像是他媳婦說的那本。

言條輕飄飄瞥了一眼趙景，趙景笑夠了便趕緊逃命。

言條翻開了雜誌。

裡面明晃晃他跟林爾酒的照片。不過還行，照片都挺不錯的。

言條又看採訪的文字，看著看著臉色就不太對了。

他人沒去，但是裡面竟然有他跟主持人的對話。

小Ａ：平時你們都怎麼稱呼彼此呀？

酒酒：老公。

倏倏：老婆或者小棉襖。

言條看著這兩個字，雞皮疙瘩都起來了，「倏倏」？

小Ａ：還有小棉襖耶？是因爲這位很體貼很溫暖嗎？

倏倏（微微臉紅）：嗯。

言條再次覺得丟臉，微微臉紅？絕對是林爾酒提供的靈感！

小Ａ：同性夫夫都會遇到一個問題：出櫃。你們出櫃的時候有遇到什麼困難嗎？

酒酒：有。倏倏他媽媽不是很同意我跟他在一起，還把倏倏的信用卡停了。但是倏倏很厲害，他那個時候已經自己賺錢了，所以他媽媽也沒有威脅到他。倏倏也跟他媽媽談了很久，說了很多非我不可的話，倏倏媽也就同意我們在一起啦。

小Ａ：哇，還有這麼一段故事！你身邊這位很棒哦。

倏倏（微微臉紅，揉了一把酒酒的腦袋）：有你真好。

言倏迅速關上雜誌，被尷尬到班都不想上了。他會這麼油膩？？他會這麼中二？

怪不得趙景說他悶騷。

言倏想到趙景那意味深長的眼神，他還以爲趙景純粹是找死，沒想到是眞的很意味深長。

言倏是知道林爾酒自己去的，去之前還跟他打了招呼。言倏不想去，也叮囑了林爾酒別瞎說。

林爾酒怎麼說的？

「放心，我只會誇你說我們很相愛的！」

言倏又打開雜誌，還眞是誇，他都快成了爲愛情對抗整個世界的中二少年了。

他看著雜誌封面，叫來了助理，要他務必把市面上這一期雜誌全部買下來。

要是被競爭對手看到了，他的臉往哪裡擱？

但這本雜誌還眞的被言倏的競爭對手看到了。

競爭對手一邊覺得言倏油膩，一邊又羨慕言倏。這麼高顏值的老婆，哪裡找啊！

晚上回到家，林爾酒受到了言倏的盤問。林爾酒笑嘻嘻求表揚：「都是誇你的，開心嗎？」

還有臉問他開不開心？

「開心，要是小棉襖能讓我穿穿，我就更開心了。」

林爾酒臉一紅，這麼直白的暗示。

但是，他也開心！

林爾酒主動摟住言倏，「給你穿！哎呀，世上怎麼會有我這麼好的老婆。」

言倏冷笑一聲，下定決心勢必要讓林爾酒下不了床。不知天高地厚的老婆，就該好好被教訓。

番外篇

美食主播

言倏出差一週，臨走前千叮萬囑讓林爾酒不能喝碳酸飲料。林爾酒乖巧得很，替言倏整理領帶，抱抱言倏，又親親言倏，撒著嬌，「我又要想你一個禮拜了。」眼裡有不捨，還有一絲期待。

一箱可樂他來了！

言倏不用猜都知道林爾酒在想什麼，捏住了林爾酒的臉，「回來檢查你的開銷，家裡的現金都沒收。酒酒，你身邊的那些朋友應該不會再請你喝可樂吧？」

林爾酒小貓似的眼睛裡都是控訴，「你不信我！」

言倏放開了林爾酒的臉，「除非，這段時間我家酒酒能認識新的朋友。」

言倏以前也時不時會出差，只出差兩、三天的話林爾酒還比較老實，一天喝個一瓶，有次他回來的時候，冰箱裡還放著林爾酒買的碳酸飲料。

但出差一週或者時間更長，林爾酒就會直接買一箱了。言倏之所以知道，是因爲那次他說出差一週左右，但實際上兩天就回來了。回家一看，好傢伙，沙發旁邊有一箱可樂已被喝了一半，角落還堆著一堆飲料瓶，全是空的。言倏的血壓頓時就飆高了。

但林爾酒已經上班去了。

言倏做好晚飯，等到林爾酒下班。還沒見著林爾酒的人，便聽到他快樂的歌聲。

手裡拿著可樂的林爾酒跟坐在沙發上的言倏來了一個視線相對。

言倏微微笑著。

林爾酒看了一眼自己手裡的可樂。只是一瓶而已！但又想起什麼，很快瞥了一眼角落的空飲料瓶。

！！！！

歪歪扭扭的飲料瓶已被言倏擺得好好的。

林爾酒意識到大事不妙。

言條抱著胳膊挑挑眉，「戰利品？」

林爾酒心虛一笑，跑過去對著言條又是蹭又是親，嘴上還不忘說：「言條，我好想你呀。」

言條推開了還想膩歪的林爾酒，很冷靜地說：「小祖宗，你還眞不把身體當一回事。可樂能這樣喝嗎？一共六個空瓶，一天三瓶，加上你手裡的這瓶，一天差不多要四瓶以上了吧？」

小祖宗很心虛，意識到自己好像確實喝得有點多，將臉埋在言條的胸膛，小聲嘟囔：「還不是你不讓我喝，得不到的永遠在勾引我。」

「我是不給你喝嗎？之前答應你一週喝兩瓶，結果你嫌少，跟我討價還價一週四瓶。小祖宗，你說你是不是太貪心了？一週一瓶後，居然開始讓同事請你喝。你的可樂癮是不是太大了啊？幸好這不是什麼違禁品，不然這樣喝下去，你都可以去坐一輩子牢了。」

林爾酒越發心虛了。好像……確實是這樣。

結婚的時候言條已經同意給他一週兩瓶了，但他嫌太少要一週四瓶，太貪心的結果是一週只有一瓶。但林爾酒還是挺聽言條的話，言條不買給他，他就不買，只是他能讓同事請客啊！

他請同事喝奶茶，同事請他喝飲料。但放在工作位子上的飲料被來接他下班的言倏看到了，他的小心機也就此被戳穿了。

於是言倏跟他所有同事都打了招呼，所以……往後就全憑他表現得好才能喝可樂了！

自己不能買，言倏會檢查他的消費紀錄，同事也不跟他交換飲料了。

此時此刻的林爾酒指著旁邊的行李箱，「昨晚我還幫你收拾行李了！不給我現金，萬一我手機沒電了呢。」

言倏從錢包掏出一千塊錢，「獎勵費，每一塊錢都要記帳。回來我會看你的開銷花得對不對。」

林爾酒捏著紙鈔，一時之間世界都要崩塌了。他看著言倏，「確定要做到這麼狠嗎？」

「嗯。」言倏愉快地應了一聲。

出差第一天，言倏晚上工作完回到酒店後，發了訊息給林爾酒，視訊電話立刻就來了。

「快，直播洗澡！」

林爾酒剛洗完澡，穿著熊貓睡衣靠在沙發上，臉蛋潤潤的，眼眸一眨一眨盯著螢幕裡的言倏。言倏看了一眼，呼吸都粗重了不少，馬上移開視線。

「吹頭髮了沒？」言倏直接忽略林爾酒的色胚子要求，將手機放在桌上，鬆了鬆領帶。

那邊的林爾酒驕傲地「嗯」了一聲，「不洗澡你又要唸我了。都不能抱你親你了，視訊裡才不想聽你嘮叨。」

言倏笑了一聲，「飲料沒喝了吧？」

林爾酒搖頭，「我沒錢。」配合著睡衣前面的小熊貓，嗯，是一隻委屈的酒酒貓。

「對啦！言倏，你知道貓貓直播嗎？我可能要當主播了！」

言倏拿起手機，林爾酒忽然又看到帥氣逼人的言倏，即使是老夫老夫了，還是忍不住心動了一下。

隔著鏡頭的言倏更帥氣了。

「貓貓直播？」

林爾酒繼續說：「是最近出來的直播平臺，裡面有遊戲、美妝、美食等等之類的分類。貓貓直播今天來我們公司談合作，老闆希望我去試試看，瞭解一下貓貓直播的運作流程，畢竟是一家新的平臺。」

言倏聽懂了，戳了戳螢幕裡林爾酒的臉，眼眸一彎，「但是酒酒，你去直播什麼？坦克大戰嗎？」

林爾酒冷哼一聲，「我可以當美食主播。」

言倏一愣，沒忍住地笑了，「炸廚房的美食主播？」

林爾酒生氣了，「你再這樣，我就收拾行李了！」他天天看言倏做菜，簡單的總會點吧！

「別別別，開玩笑呢。美食主播很好，哪一天直播？我捧個場。」

林爾酒捧著手機想了想，「上班時間不行，所以是五點之後。開播的話，也就是……」林爾酒說到一半就不說了，跟言倏默默對視。

「嗯？」

林爾酒嘴角上揚，很機靈地說：「言倏，你覺得我會告訴你我的直播時間，讓你來嘲笑我嗎？你別想了，我不說！」

很囂張的小祖宗。

言倏莞爾。

跟自家小媳婦膩歪了幾句後，言倏聯絡了從事自媒體方面的朋友，瞭解了一番貓貓直播。

好友立刻說自己認識米米集團那邊的負責人。貓貓直播便隸屬於米米集團下。林爾酒雖然不是簽約主播，但是合作公司那邊的人說，貓貓直播很用心經營的。一查就查出來了。

「週五晚上八點開播，也就是後天。這個時段流量比較大。我們公司會持續給林先生推薦版面，所以曝光是有保證的。」

好的，言倏已經知道了。

林爾酒還不知道自己的開播時間已經被言絛知道了，週四愉快地買菜，週五正式開播。

開播的時候林爾酒還有些緊張。他這次準備做個炸牛奶，看網路上說挺簡單的，而且每個炸牛奶的影片流量都很高。

林爾酒認爲自己已經掌握了流量祕訣。

他將手機用三腳架穩住，放在一旁，正式啓動貓貓直播。

林爾酒眨著眼睛，看到直播人數是1——他剛開播就有一個人看了！

林爾酒開始緊張了，有些結巴地對著鏡頭說：「你們好，我是你們的美食主播釀酒，你們可以喊我酒酒。」

彈幕上飄過一條彈幕：

『用戶11111給主播釀酒扔地雷一個。』

林爾酒瞪大了眼，他……他剛開播就被打賞了！這麼優秀？

地雷是一百元，最高的火箭，一萬元。貓貓直播因爲剛成立，禮物設定的金額不是特別高。

裡面還有免費的鮮花，鮮花可以提高直播間的熱度。

主播收到禮物都是怎麼做來著？林爾酒想著自己看的那些土味小影片，乾巴巴地感謝著：「謝謝用戶11111贈送的火箭，啾咪，啾咪。」

林爾酒一臉正經地比著心，一句「啾咪」說得完全沒有靈魂。

『用户11111：主播煮飯不穿圍裙的嗎？』

林爾酒看到五個1的質疑後，立馬就將言條的圍裙翻了出來，淡定解釋：「有點緊張，忘了。」

說著又開始繫圍裙，言條的圍裙穿起來有點大，但繫緊一點還是可以的。

直播間的人數陸陸續續地增加。

『主播好帥！！！！這麼帥還會做菜！！！家裡的廚房一看就是富貴人

家！！！』

『主播聲音好好聽！！親我親我！！！』

『舔屏舔屏，主播紅了要記得我這個老粉！』

『主播你打算做什麼呀！』

林爾酒湊近看了看螢幕上的彈幕，接著又飄過來幾條：

『好好康！！』

『主播你是不是分錯類了！你應該去顏值區那邊的！』

林爾酒自然也看到了這些誇他的彈幕，一時之間怪不好意思的，「謝謝啊，我今天做的是炸牛奶。食材在這裡。」

林爾酒說就側對著鏡頭，展示自己買的食材：牛奶，玉米澱粉，糖，雞蛋，麵包粉。

而在外地看林爾酒直播的言條沒忍住一笑。

穿著圍裙的酒酒還挺像個樣子的，認眞的媳婦更可愛了。言條事先看了一下炸牛奶的配方，食材是正確的。

廚房應該不會炸。

言條將手機收起來繼續工作，準備之後再看重播。

林爾酒將純牛奶倒進鍋裡，有模有樣地開了小火，邊解說：「小火溫熱，等牛奶熱了後加入玉米粉攪拌。」

直播裡的人漸漸多了起來。

黃金時間段加上推薦不斷，陸陸續續有人進來，進來便被林爾酒的顏值吸引住了，彈幕討論不斷。

等牛奶溫熱了之後，林爾酒說：「現在開始放適量的玉米粉了。」

『哈哈哈哈哈又是適量！』

『一萬遍主播好帥啊！還軟萌軟萌的，不過地方媽媽有個建議，新人主播還是要多跟彈幕互動互動呀！』

林爾酒關了火，瞇著眼湊過去看了一眼彈幕，有一百人觀看了。林爾酒有點小高興，一板一眼說：「我是新人主播釀酒，你們可以喊我酒酒。等我開吃的時候就可以一直跟你們互動了。」

說完又看到彈幕誇他可愛的，林爾酒微微有些臉紅。

「謝謝你們呀，我放玉米粉了囉。」

林爾酒也不知道適量是多少，憑著感覺放了一些，然後攪拌，「開著小火攪拌，攪拌到濃稠狀態就可以了。」

美食主播如果不推陳出新是吸引不到多少流量的，攪拌到一半，林爾酒出去了一趟。

『酒酒去哪了？要快點攪拌不然結塊了！』

『我怎麼感覺主播平時不做菜啊。他倒麵粉的時候手都在抖。』

『嗚嗚嗚舔屏舔屏。』

林爾酒拿著一瓶可樂過來了，看到鏡頭的時候還有些心虛。但是言倏不知道他的直播間嘛。

林爾酒一想又不心虛了，「加點可樂。我們看看可樂味的炸牛奶是什麼樣的。」

林爾酒將一瓶可樂倒入了一半，鍋裡瞬間就翻著咕嘟咕嘟的黑色泡泡。

「再加點玉米粉吧。」

但是家裡還有小麥粉，是言倏之前做餅剩下來的。林爾酒決定再放點小麥粉。

在這個期間，林爾酒一直沒看彈幕。因爲他太忙了，做爲平時不下廚的人，現在做一點點的事都忙著要死。

『達咩達咩！酒酒住手！！！！』

『嗚嗚嗚主播好萌，但是主播別這樣！！！康康鍋裡成什麼樣了！！！』

直播人數持續上漲。

林爾酒的攪拌攪拌著忽然攪不動了。

鍋裡的可樂已經煮乾了，但是裡頭的澱粉和麵粉黏鍋了。林爾酒感覺應該不是這樣的。

這……網路上說煮完是吹彈可破啊。

林爾酒準備用手機查一下，才看到彈幕裡說：

『加可樂我不太清楚會怎麼樣。但是小麥粉和玉米粉完全不一樣啊！酒酒你怎麼能放小麥粉？？？？！！』

『鄙人有幸在家裡沒玉米粉的時候用小麥粉做替代，洗了一天的鍋子。』

林爾酒眨了眨眼睛。

「所以我……是搞砸了啊。」

林爾酒此時的表情看起來還怪委屈的，彈幕裡的粉絲都在安慰：

『沒有沒有！！只是不好看而已！！味道可能不錯的！！』

『熱愛嘗試是國民美德，酒酒很棒！！！』

螢幕裡都是誇讚，林爾酒有些飄飄然。他覺得那一堆東西似乎還是可以的。

「那我就把那東西弄出來，放冰箱凍幾個小時明天繼續炸。」

『住手！！！扔掉扔掉！！』

『帥哥對自己的胃好點吧。』

『新來的，是美食搞笑主播嗎？現在搞笑主播顏值都這麼高了？？』

於是，接下來的一個鐘頭，林爾酒都在刷鍋子。

直播間人數已經到了一千。這個時候來的大多是看笑話的，把林爾酒當成搞笑主播。

『我已經邀請我親朋好友來看主播刷鍋子了。』

『哈哈哈哈，果然魚和熊掌不可兼得啊！長得帥廚藝就不行。』

『主播真的好好康！還圍著圍裙，沒有人注意這條黑色圍裙不止跟主播的風格不搭，而且還大了點嗎？』

『前面的，早就注意到了。酒酒是不是家裡還藏著一個男人？？？』

林爾酒完全不知道彈幕已經偏離的方向。他此時正在賣力刷鍋子，這經歷讓他想起言倏失憶第一天自己裝小棉襖燒菜，也刷了一個多小時的鍋子。

上一次是沒開抽油煙機。

這一次，開了都不行！

所以，跟開抽油煙機沒有關係嘛！

林爾酒刷著刷著還喝了一口可樂。

刷完鍋開始預告明天的炸牛奶，還順便問了一下彈幕裡的觀眾想看他做什麼。

彈幕裡說：家常菜、蛋糕、香辣螃蟹、紅燒肉、麻辣燙等。

林爾酒挑了一個自認爲比較簡單的。

「明天就麻辣燙吧，當晚餐吃。那明天晚上六點開播，不見不散！」

觀眾很不捨，紛紛給主播送點小禮物和鮮花。

林爾酒突然想起來，「你們別送我禮物了，給點鮮花就夠了。禮物的錢你們留下來買奶茶喝，我不缺錢。下線啦。」

結束了三小時的直播，林爾酒覺得自己的身體被掏空了。

他癱在沙發發了訊息給言條，言條沒回，大概在忙，於是他去洗了一個澡。

洗完澡後發現手機裡有言條的未接視訊來電，林爾酒立馬回撥了過去。

看到言條的俊臉後，林爾酒聲音都軟綿綿的：「老公，我好想你呀。」

言條已經打開了貓貓直播，找到了林爾酒的直播間，正準備看重播，便在下面看到主播翻車影片推薦，其中有一個封面就是酒酒，並且還在倒可樂？

標題是：**新人主播為做炸牛奶刷了一小時鍋子**。

林爾酒只能看到言條的下巴，有些不滿，「老公，你都不看我。」

言條低頭看了一眼躺在床上憔悴的林爾酒，有些心疼，又有些生氣。

林爾酒不敢冒險作案，所以他哪來的可樂？難不成還真的又認識一個新的朋友？

「直播怎麼樣？」言條岔開了話題。

林爾酒張嘴就吹牛，「很成功。吸引到了不少關注，都誇我又帥又會做菜。」

言條癱著一張臉盯著林爾酒，明顯不信。

林爾酒嘆氣一聲，老實地說：「並不是很成功。需要老公的親親才能恢復。」

林爾酒將手機貼在自己的額頭那裡，「親親我的額頭。」

那邊並沒有傳來聲音。

「我要想想我的行李箱適合裝什麼衣服了。」

那邊傳來很敷衍的親聲。

林爾酒又將手機貼在自己的臉上，兩邊臉也被親了。還有鼻子。

嘴巴沒有貼，只是看著鏡頭說：「還有嘴巴。」

言條無奈，只好繼續敷衍。

先讓小祖宗囂張著，等他回去，小祖宗估計也囂張不起來了。

林爾酒眼睛都笑沒了，「我要睡覺啦！老公晚安。」

「老婆晚安。」

互道晚安後，言條將直播三倍速看完了，看完後更心疼賣力刷鍋子的酒酒。

他平時在家都捨不得讓酒酒做事的。

但是，可樂？

林爾酒的第二次直播，言倏開始盯著了。

林爾酒對第二天的麻辣湯還是很有信心的。他事先買了火鍋湯底，又在超市買了葷素配菜。

開播前，林爾酒將昨天凍好的炸牛奶拿出來，看著它已經結成不知名的一團。

正式開播的時候，直播間的人數開始咻咻咻地增加，目前已經有四百人了。

「你們好，我是新人主播酒酒，啾咪。」毫無靈魂比心。

但是……

『啊啊啊啊！！酒酒好可愛啊，開播福利，後來的人看不到酒酒比的心了。』

『主播是真的又帥又可愛，但是廚房那一團不會是昨天的炸牛奶吧？』

林爾酒正要回答，突然有人送了十個火箭，一個火箭一萬，十個火箭十萬。

林爾酒忽然驚到了。

彈幕全都是驚嘆土豪粉絲來了。

林爾酒還沒來得及說什麼，土豪粉絲又飄過：

『用户1111：把那一團東西扔垃圾桶去，看著怪噁心的。』

因爲消費了一萬塊錢，使用者1111的字體加大放粗，並且還從正中間呆上三秒鐘才飄過。

林爾酒知道一些直播間的規矩，禮物給得多的話，可以向主播要求一些事。而且他的那團東西確實怪噁心的。

但是十萬塊錢？

林爾酒已經想好等下線要加一下這個人，他也沒做什麼，拿十萬塊錢太心虛。

林爾酒走過去將凍好的東西給扔了垃圾桶，「謝謝用戶1111送的十個火箭。我扔囉。」

彈幕有鬆一口氣的，有表示惋惜的，還有一直舔林爾酒顏值的。

做麻辣燙的話，林爾酒就沒有在廚房做了，而是將弄好的食材放在外面客廳餐桌那裡。

彈幕瞬間就刷了滿屏了。

「火鍋跟麻辣燙差不多的，反正我弄的量少。」林爾酒拚命解釋。

『用户1111扔了一個火箭表示：少放點辣，太多辣看著不舒服。』

林爾酒：「……」

用戶11111的事情真多，他吃又不是給用戶11111吃。但沒有辦法，用戶11111又送禮物了，加大放粗的字體。

林爾酒：「謝謝用戶1111的火箭。但是請不要送禮物了呀，我是業餘主播，只想跟大家分享分享美食的。」

火鍋比較簡單，林爾酒將葷素一股腦全都放了進去，然後蓋子一關。

『臥槽，酒酒你平時在家都是吃什麼的啊？不要騙我們自己做。』

林爾酒看著彈幕正想說自己做的，只好老實回答：「有老公做，不過他這幾天出差了。」

也沒啥不能說的。

但彈幕瞬間爆了！

『主播已經結婚了！！！！操，還是老公！！！資訊量太大了！！這麼可愛的男孩子果然是別人家的。』

『我就說我就說，酒酒你的圍裙是不是你老公的？？』

『酒酒等你老公回來的時候，能不能也讓我們康康你的老公啊？』

「圍裙是他的，我本來也打算買一件，但一直忘記買。他也不提醒我。應該不能給你們看，不過我現在給你們看樣東西。」

彈幕都在好奇。

林爾酒將手機鏡頭轉換一下，對準著家裡角落裡的一箱可樂，還有旁邊歪歪倒倒的可樂瓶。

『什麼意思？？？不懂。不過可樂永遠最棒！』

林爾酒解釋：「他不知道我的直播間，並且不給我喝可樂，所以要是讓他知道我的直播間，我就完蛋了。昨天和今天，我可都直播喝可樂了。」

『不看這一箱，一瓶應該沒事吧？酒酒你不應該自爆的。』

林爾酒搖頭，「你們不懂。等他出差回來的時候會檢查我的消費紀錄，他只留給我一張千鈔現金，回來還要對賬，所以，我只要買了就會被他發現了。但是……」

林爾酒挑挑眉，一臉得意，「我藏了私房錢。」

彈幕一瞬間都是哈哈哈哈哈，都在@主播老公。

『@釀酒老公，快點出來教訓你家小可愛。』

『酒酒好像還怪可憐的？？這麼可愛的男孩子竟然身上只有一千塊，爆打主播另一半。』

『我知道酒酒爲什麼要自爆了，因爲在自家老公這麼嚴格的管理下還能藏私房錢，驕傲了哈哈哈哈哈。』

『哈哈哈哈哈酒酒是眞的好可愛啊！酒酒當我兒子吧。』

林爾酒自動忽略一些奇奇怪怪的評論，對網友的@表示很得意。

言條絕對想不到他竟然還有私房錢。臨走前留下一千塊的時候，他表現得傷痛欲絕，其實都是裝的，而言條相信了。

林爾酒想著想著，又去拿了兩瓶可樂和一個高腳杯。

另一邊正在看林爾酒直播的言條，整張臉黑得徹底，私房錢？

一箱可樂？

林爾酒下線的時候，言條還收到了林爾酒的一條訊息。

『老公，你什麼時候回來呀？我好想你啊。』

言條冷笑了一聲。

完全不信了。

言條本來是周三才能回去，但再讓林爾酒喝可樂下去，他遲早進醫院。

『週三下午。』

林爾酒得到內幕消息後完全不害怕了。周三還早，他周二就把可樂銷毀，保證言條猜都猜不到。

周日還是晚上六點開播，做家常菜。

看到守著直播間的朋友們數量，林爾酒還揉了揉自己的眼睛，之前不是沒多少人嗎？

直播間目前已經有快一千人看了，所以等待正式開播的時候，眾人紛紛打字表示：

『酒酒家常菜你可以嗎？昨天的火鍋都煮成一坨豬都不吃的玩意了。』

『酒酒你怎麼坐在餐桌這？還這麼消沉？？』

『不對，主播讓我們看看廚房！！！』

林爾酒自然也看到了這些彈幕，嘆了口氣，很憂愁地看著鏡頭，「我完蛋了，我老公不知怎麼樣知道我的直播間的，一直在偷窺我。今天下午他特地趕回來了，發現了我的一箱可樂。現在一句話都不說，正在廚房弄晚飯。」

彈幕都是「哈哈哈哈哈哈」。

林爾酒更心痛了，果然人類的悲喜並不相通。

「算了，我去直播他做菜吧。答應今天開播，總不能讓你們陪我閒聊。」

林爾酒拿著手機往廚房走去。

「現在我們看到的是某五星級超級厲害的大廚，吃過他的飯菜的人都叫好！」

林爾酒浮誇地大讚言條。

言條穿著黑色圍裙，大小剛剛好，而且從背後看言條，大長腿身材優。他聽到林爾酒的聲音後，直接下命令：「把青菜洗了。」

螢幕裡又開始舔言條了。

『聲音好有磁性！！！讓我康康正面，是哪一個絕世大帥哥呢！』

『帥哥都是人家的了，怪不得，怪不得我身邊的全是醜男。』

林爾酒沒注意彈幕上的感嘆，特別勤快地將手機放到客廳三腳架那裡放著，「我先去幫忙啦，順便哄哄老公。等做好了飯菜再給你們看看我家大廚的廚藝。」

林爾酒留下一句狗糧讓彈幕裡的觀眾吃，誅心。

林爾酒過去洗著放在一旁的青菜，時不時地瞧瞧言條。

「老公？」

老公不理他。

林爾酒自知自己做錯了事，完全不敢囂張，卑微至極，洗完菜後又擦擦手，從後面將自家老公抱住。

「老公～～你怎麼不理我呀？」

言條冷笑了一聲。

林爾酒訕訕一笑，繼續撒著嬌，「老公～～我想你是真的，沒有騙你。」

言條使勁剁了一下砧板上的肉。

林爾酒嚇得抱緊了言條，「老公，你別生氣了。我把私房錢都給你好不好？」

「哪來的私房錢？」

終於又說話了！

林爾酒不敢撒謊，試探著說：「老公，你有沒有注意到你錢包裡的百鈔都不見了？」

言條想了一下，好像確實沒有百鈔之類的。

言條忽然就明白了。

每次上超市的時候只要他用現金支付，找回來的零錢都是林爾酒拿的。但林爾酒比較賊的是，大張的紙鈔和硬幣都塞回言條錢包了，唯獨小一點的紙鈔……

言條放下菜刀，轉身看面前的林爾酒。

林爾酒昂著腦袋，老老實實的。

但是，言條覺得林爾酒一點也不老實。「酒酒，你就這麼喜歡喝碳酸飲料？」

林爾酒又抱住言倏，眨了眨眼，「我要是說實話，老公能不能原諒我？」

林爾酒只有在認錯的時候才左一句老公，右一句老公。其實言倏早就不生林爾酒的氣了，但是要給林爾酒一個教訓。

言倏「嗯」了一聲。

林爾酒臉紅了，低下頭說：「其實沒有那麼愛喝，就是覺得有點刺激。」

言倏不理解。

「你不給我喝，我還能偷偷喝到。老公，你不覺得這樣還挺刺激的嗎？」林爾酒說到最後，聲音都沒了。

言倏的表情一言難盡，他家酒酒並不會在這種情況下騙他。所以，是眞的。

言倏少見的有些遲疑，「所以那些瓶子都留著，也是爲了刺激？」

林爾酒搖頭，「我想一起拿給樓下的阿姨去賣。」

言倏也不知道該說林爾酒什麼了，但那麼一堆可樂瓶確實是林爾酒喝的沒錯。

做錯事的林爾酒特別乖巧聽話，言倏說什麼他就做什麼。

這次言倏比較近人情了，碳酸飲料可以喝，但一週最多一瓶，並且，接下來的三個月都不能離家出走。

「三個月？」林爾酒驚訝了，想要抗告。

言倏只是輕飄飄瞥了林爾酒一眼，林爾酒馬上表示贊同，「當然可以！只是三個月而已嘛。」

其實內心在哭泣。

三個月不能鬧，他真的成了小棉襖了。

言倏輕輕笑了一聲，將林爾酒趕出了廚房，「直播還開著吧？」

當然開著。

但是，林爾酒忽然意識到了什麼，「那五個一是不是你？」

言倏笑笑沒說話。

但林．福爾摩斯．爾酒秒懂了，「肯定是你。只有你才會這麼關心我。」

炸牛奶扔掉，是因爲那玩意兒看著就不能吃。火鍋不能太多辣，是因爲言倏知道他胃不好。

林爾酒昨天晚上差點就打算跟五個1聯絡了，但他問完言倏什麼時候回來後又沒忍住發了視訊給言倏，結果看老公看到睡著了。

言條敲了一下林爾酒的腦袋，「知道我是關心你還這麼糟蹋身體？這麼缺粉絲啊？」

林爾酒「嘿嘿」一笑，微微墊起腳尖親了言條好幾口，「好愛你。」言條順勢摟住林爾酒的腰，吻了下去。

最後言條把黏在身上的林爾酒推出了廚房門。

林爾酒回到了直播間，發現有幾百人還在，一人一句猜測著他跟言條說什麼。

『酒酒回來了！！！但是，嘴巴紅了！我猜對了，kiss去了！』

『嗑死我了，請給我們吃大碗的狗糧吧。』

『羨慕羨慕！酒酒等會讓我們看看你老公做的飯菜呀！』

林爾酒怪不好意思的，幸好沒讓他們聽到他跟言條在說什麼，不然不能出門了。

「你們等一下，我問問他能不能拍他做菜。」

林爾酒又跑去問了一下言倏，言倏無所謂，林爾酒過去拿手機。

「他給拍，走，直播我媳婦做菜。」

『哈哈哈哈哈老公變媳婦，@釀酒老公，過來教訓你家媳婦。』

『啊啊啊啊啊！好帥好帥！側臉怎麼能這麼帥！！！』

『不能不說，主播物件確實一看就是經常做飯的，看著就嫻熟。』

『羨慕我已經說累了。酒酒不要偷親你老公！！！』

言倏做了兩葷兩素外加一道湯，端到客廳的時候，跟直播間裡的夥伴說再見了。

「我就不直播吃飯了，有人陪著吃了。」林爾酒說完又看見彈幕裡有人問明天什麼時候直播，「我應該不做直播了，你們也看到了，我有多麼手殘。開直播也可以算是一時心血來潮吧，謝謝你們這幾天的捧場，啾咪。」

又是一句啾咪，言倏想把林爾酒按著親，誰叫他到處跟人說「啾咪」。

彈幕上全是不捨。

還有彈幕說五個一的火箭浪費了哎。

林爾酒眼眸一彎，鏡頭對著在旁邊弄手機的言倏，「五個一就是他！不算浪費不算浪費。」

在關直播前，林爾酒看到飄過來的一句彈幕，「可是是五五分成。這樣不就是說酒酒老公給酒酒打賞的錢有一半進了貓貓直播嗎？酒酒虧大了啊。」

林爾酒愣住了。

好像是……這樣耶！

林爾酒忍著沒說，過一會兒言倏還要出門。言倏是特意過來抓他偷喝碳酸飲料，順便做一頓飯給他，待會還要出去工作。

林爾酒一想，覺得自己又讓言倏累到了。

言倏出差工作本來就累，還特別因爲他的事跑回來。林爾酒更心疼了，吃完飯想主動洗碗，但言倏已經洗好了。

林爾酒只好將掛在牆上的西裝拿過去給言倏，言倏看著乖巧的林爾酒一笑，「這麼乖？」

林爾酒下一秒就抱住了言倏，「言倏——」

哄好言倏後又不喊老公了。

「怎麼了？」

林爾酒聲音啞啞的，「我好像又讓你累了。」

言倏的心轟然間一熱。

誰說他的酒酒是小鬧精的，明明就是貼心小棉襖。

「以後還要這樣嗎？」

林爾酒搖頭，「不會了。」而後又抱緊言倏，抬著腦袋認眞說：「是我太不懂事了，自制力太差，總覺得偷買可樂瞞過你是一件很驕傲的事。但不是這樣的，言倏你會生氣是因爲我不愛惜自己的身體。你明明工作這麼忙今天還特別趕回來。我都知道的，你肯定忙了一上午，在車上也睡不著，一直想著我是不是又在喝可樂，又在做一些暗黑料理。言倏，我以後再也不這樣了，小棉襖知道錯了。」

現在是小棉襖，不是小祖宗和小鬧精了。

言倏心裡熱哄哄的，一下子吻住了林爾酒。

他的酒酒，又愛鬧，又聽話，還懂得反省。

「好。」

人魚酒酒

林爾酒是一條人魚，在偏鄉接受九年義務教育後，來了大城市裡念書。他第一次進城，也是第一次見到這麼多人在同一個學校念書。

他以前的學校，一整個學校，一共才四十個妖怪。

妖怪管理所對鄉下妖怪有扶持政策，只要鄉下妖怪願意走出大山、出來讀書，妖怪管理所都是無條件支持的。但因爲林爾酒的父親是錦鯉，於是他獲得了去臨海精英高中上學的機會。

在人類學校念書有條件的，那就是不能暴露妖怪身分，否則會被遣送到妖怪高中。臨海高中裡大部分是人類，還都是成績很好的人類。就算有妖怪，也是特別聰明的妖怪，可以完美僞裝成人類。林爾酒沒有學過如何跟人類打交道，也不知道怎麼完美僞裝自己的人魚身分，便一天到晚板著一張臉，誰也不理。

言多必失，他不說話就不會有問題。

班主任不知道林爾酒是人魚，還特地找林爾酒聊過，要林爾酒稍微融入團體。林爾酒點頭認眞答應了，但回到班上還是不說話。

班上同學都快懷疑林爾酒是啞巴了。

班主任也有點懷疑，又找了言倏談話。

言倏是林爾酒的室友，不僅長得好看，個性好，成績也好，是以年級第一名進入臨海高中的。

但這麼一個男神級的人物，跟林爾酒攀談也遭受了挫敗。

林爾酒不僅在班上不愛理人，在寢室也不說話，只會搖頭點頭，生活技能也很差。進宿舍第一天被子都不會鋪，自己一個人在上鋪忙得都快掉眼淚了。言倏看不下去，過去幫林爾酒將被子一下子鋪好。

林爾酒看著言倏，一臉感動，說了一句：「謝謝。」聲音好聽，長相可愛。

言條很滿意他的室友。

言條也是沒想到，林爾酒確實不是啞巴，但只會跟他說謝謝。

因此言條高度懷疑林爾酒有自閉症。

本來兩人毫無交集。但在一個月後的月考，林爾酒考了全年級倒數第三。

倒數第一是沒考試，倒數第二是用腳答題，倒數第三就是林爾酒。

七門功課加起來只有一百多分，總分七百五十分。

班上同學不相信，覺得林爾酒是要叛逆。畢竟那種長相，那種性格，怎麼可能？

班主任是知道林爾酒底細的，於是找來了言條，要他替林爾酒補習。

言條也抱著懷疑，「眞的不是要叛逆嗎？」

但內心又感覺他那個小室友不像是要叛逆的人，長得白白淨淨的，也就自閉點不愛說話，可是平時上課也挺認眞的啊！

他半夜裡十二點多醒來上廁所，還看到林爾酒在念書，怎麼樣也不至於考倒數第三。

班主任喝了一口水，語重心長說：「入學考試時，我親眼見校長弄了一個小學試卷給他做。校長還給了我任務，務必把他送進大學。」

言倏：「……」

明白了。小室友是走後門進來的。

言倏從辦公室回來後沒見到林爾酒。

言倏沒放在心上，準備等晚上回去宿舍再聊聊補課的事。但是一上午，林爾酒都沒回教室。

言倏微微蹙眉，意識到情況可能不太妙。

於是言倏翹課了。

他是在宿舍找到林爾酒的。宿舍門沒鎖，言倏進去了，輕輕喊了一聲林爾酒的名字。
沒人回應。
但是言條隱約聽到了抽泣聲，很微弱，似乎是從最裡面的廁所傳來的。他往廁所方向走去，越走近，抽泣聲越明顯。
廁所門沒關，言條看到林爾酒背對著他蹲在地上，背影一抽一抽的。
言條停下腳步，不太確定地叫：「林爾酒？」
林爾酒的背影一僵，半晌，言條才聽到林爾酒小小的回應，「你是要來笑我嗎？」聲音啞啞的，還有點小奶音。
這應該是林爾酒跟他說得最多的一句話了。
言條聽在耳裡還怪心疼的。
他的小室友柔柔弱弱，還有自閉症。
平時跟他說句謝謝都能臉紅，突然這麼哭起來……言條承認自己是憐香惜玉的人了。
言條走了過去，蹲在林爾酒旁邊，想了想，輕輕拍著他的後背，「不是。我是來問問你，要不要我幫你補習？」

言倏是年級第一名，排在第一個。他倒數第三名，排在最後面。

林爾酒不相信言倏。

班上同學有說他要叛逆的，還有說他假高冷的。

他明明不是高冷，他只是怕暴露自己的人魚身分。

言倏肯定也是這麼認爲的。

他也沒跟言倏說過什麼話，言倏一定也以爲他是假高冷。

林爾酒對人類很有防備，他懷疑言倏是想作弄自己。

於是林爾酒不說話，很消沉，可憐巴巴的。

言倏想了想措詞，再說：「你的讀書態度挺認眞的。如果不是同學說的叛逆，可能是基礎不夠好。我給你補補基礎，成績很快就上去了。」

林爾酒聽了，有點心動。

成績太差的話是上不了大學的。

但林爾酒還是覺得言倏在耍他，忍不住問：「你眞的會幫我補習？」

言倏微微一笑，「嗯」了一聲，「會的。」

林爾酒抬起頭，眼睛紅紅的，臉蛋上還掛著晶瑩淚水。言倏看著是眞挺心疼的。平時看他跟個高嶺之花似的，現在又像可憐兮兮的小白兔。

小白兔胡亂擦著臉上的淚水，著急地說：「那你要是騙我怎麼辦？我都相信你了。」

言條認眞地說：「我什麼時候騙過你？想想這段時間你對我說過的謝謝。再好好想想，該不該問出這句話。」

林爾酒臉一紅。言條對他確實很好。

他剛來什麼都不會，被子是言條幫忙鋪的，餐廳卡是言條替他加値的，早上他偶爾睡過頭，也是言條叫他起床。

林爾酒抬眸看了一眼言條，「我收回剛才那句話。」又立刻不好意思低下頭。太可愛了。

言條忍不住揉了一把林爾酒的腦袋。

林爾酒身子僵硬，低著頭，想了想認眞對言條說：「謝謝你。但是如果你騙我的話，我就收回這句謝謝，還會上網貼文爆料。」

言條忍著笑「嗯」了一聲，小室友或許還有點傲嬌？

林爾酒說不哭就不哭了。但話還是不多，不過有進步，除了謝謝，對言倏的問題，也會認眞回答。

言倏替林爾酒補習算盡心盡力，第二次月考，林爾酒進步了五十名。

言倏揉了一把林爾酒的腦袋，「你的基礎不好，是不是基礎打好了，成績上升就快了？」

林爾酒僵了一秒，「嗯」了一聲，看向言倏，「謝謝你。」

「這次要收回嗎？」

林爾酒臉有些紅，有些害羞，瞪了一眼言倏。

就是這一眼，讓言倏感覺自己不太對勁，心跳得格外厲害。

林爾酒在班上還是只會搖頭和點頭，但是會去找言倏，言倏去哪林爾酒就去哪，跟在言倏後面也不說話。但是言倏問什麼，林爾酒都會認眞嚴肅回答，不吵不鬧，又乖巧又好看。言倏身邊的朋友跟林爾酒交流久了，也挺喜歡林爾酒的。

林爾酒就眞的只是自閉，話少，但人還是挺有禮貌的。

言倏也試著跟林爾酒說：「你可以嘗試著跟他們交朋友。他們人都滿好的。」

林爾酒蹙緊了眉頭，搖了搖頭。

他是人魚，還是成績不好的人魚，話說多了肯定就會暴露自己的人魚身分。妖怪管理所有要求，在人類學校念書是不能暴露身分的，否則就會被遣返回妖怪高中。

林爾酒不敢去妖怪高中。裡面什麼妖怪都有，還有貓。

他害怕。

言倏見林爾酒表情嚴肅，笑笑說：「沒關係。不愛交朋友就不愛交朋友，天才都是自閉的。」

林爾酒不好意思地發現，言倏在笑他！

週一，第三次月考成績出爐，林爾酒已經排名年級前一百名，整個高一共有三百多人，他進步很大。

林爾酒很高興，言條也很高興。

夜裡十二點多，言條起來上廁所，但廁所門是鎖著的。

言條將燈打開，坐到桌前撐著下巴，有些好笑，「燈也不開，是偷偷哭嗎？」

言條只是調侃，但林爾酒出來的時候捂著眼睛，就想要往上舖爬。言條蹙眉，察覺到一絲不太對勁，走過去強硬地拉開了林爾酒捂在眼睛上的手。

林爾酒像隻驚弓之鳥，聲音也大了不少，「你幹嘛？」

「你哭了？」

林爾酒眼眶紅紅的，聞言不說話了。

言條垂著眼眸，臉色不是很好看，「誰欺負你了？」

林爾酒搖頭，不說話。

「嗯？」

林爾酒還是還是有些怕凶巴巴的室友，結巴地說：「我身上水分太多了，需要排出點。」

言條扯了扯嘴角，「我以爲我們已經是朋友了。」

言條的表情很凝重，林爾酒害怕了，他著急地說：「眞的！騙你是小貓！」

言倏抿緊了嘴唇，林爾酒眼眸也睜大了。半晌後，言倏嘆了口氣，「算了，去睡覺吧。」

林爾酒站在那裡不動。

言倏去上了一個廁所，回來後林爾酒已經躺在床上。言倏將燈關了上床。過了好一會，言倏聽到林爾酒的聲音，很小，但是很清楚。

「我真的只是排水。我最近喝了好多水。」

林爾酒還在解釋。

言倏睜開了眼，沒吭聲。

「真的。」

委屈的聲音又傳來。

言倏在心裡嘆了一口氣。算了，不說就不說吧，小室友雖然最近願意跟他說話了，但還是很自閉，他總不能逼著小室友一下子什麼心裡話都跟他說。這段時間多多注意點小室友就好。除了被欺負，其他原因的掉淚，他都能接受。

「言倏，你睡著了嗎？」

林爾酒還在試探，言倏心裡一暖。

「沒有。睡覺吧，我相信你了。」黑暗裡，言倏的聲音很溫柔。

林爾酒終於鬆了一口氣，又慢吞吞地說：「你可以不跟別人說我哭了嗎？」

言倏無奈。這是個要面子的小室友。

「可以。」

那邊沒聲音了。在言倏快要睡著的時候，他又聽到了林爾酒的聲音。

「那我們……還是朋友嗎？」聲音緊張顫抖。

言倏在黑暗裡輕輕一笑，「嗯」了一聲。

小室友雖然對他還有些設防，但是也很在乎他的，可以睡個好覺了。

但言倏沒想到，還沒過一週，林爾酒又去廁所哭了。

言倏這次抓緊了林爾酒的手臂，聲音有些冷，「又是排水？」

林爾酒搖頭，這次是真的委屈，聲音都哽咽了，「我買的澡盆被舍監沒收了，我不能泡澡了。」

言倏：「……」

這次願意說了，難不成上一次眞的是排水？

但是，好端端的一個人，爲什麼要排水？

言倏在網路上買了一個折疊浴桶給林爾酒，可以泡澡。林爾酒看到後高興極了，講話都結巴：「你爲什麼……爲什麼對我這麼好？」

言倏瞥了一眼林爾酒，低聲說：「對你好都是有所圖的。」

李爾酒茫然，「圖什麼？」

言倏笑了一聲，揉了一把林爾酒的腦袋，「以後你會知道。」

林爾酒抿了抿嘴唇，還是很茫然。

圖什麼？圖他爸爸是錦鯉嗎？但是，言倏應該不知道他是人魚呀？

高一結束的時候，林爾酒的成績已經在班上穩穩前二十了，屬於中等偏上的成績。他特別想要感謝的人就是言倏。

林爾酒想請言條吃飯鄭重道謝，但又很苦惱自己沒什麼能給言條的。

他爸爸是錦鯉，他媽媽是金魚，所以他是雜種魚。雜種魚沒有加成效果。錦鯉雖然不能百分百實現別人的願望，但是有加成效果的。

林爾酒問：「你有什麼願望嗎？我看看能不能幫你實現。」

言條唇角上揚，「幫我實現？」

林爾酒「嗯」了一聲，在言條打趣的目光中改口：「我讓我爸爸試試幫你實現。」

言條沒忍住一笑。

林爾酒更羞恥了。他知道人類都討厭啃老族，但他是雜種魚，不行的。

言條說：「我確實有一個願望。」

林爾酒抬頭看向言條。

言條撐著下巴，看著林爾酒，眼眸一彎，「酒酒可不可以保證，成年之前不談戀愛？」

林爾酒愣愣地說：「這算什麼願望？」

「你答應了，我的願望就實現一半了。如果真的沒談，我的願望就實現了。」

林爾酒答應了。

他肯定不會談戀愛的。他是一條魚，跟誰談戀愛？

言條眼底的笑意更深了。

高二開學第一天，兩人有一整個寒假沒有見面了。林爾酒見到言條後，高興了不少，話也多了。

但是還是不會鋪床。

言條替林爾酒鋪床，林爾酒在下面看著。忽然，言條往下一看，跟林爾酒四目相交。

林爾酒眨了眨眼，言條一笑，又漫不經心鋪著床說：「有件事忘了跟你說。」

「什麼事？」

林爾酒抬頭看著言條。言條眞的好好看！林爾酒在鄉下沒見過言條這麼好看的人，剛跟言條做室友的時候，他還以爲人類都是這樣好看的。

但看多了才發現，言倏在人類裡算是特別帥氣的。林爾酒正欣賞言倏的顏值，言倏忽然看向了林爾酒，「嗯，就是我喜歡你這件事。」言倏的聲音跟平時沒什麼不一樣，要不是他正看著林爾酒，林爾酒也反應不過來。

林爾酒懵了好幾秒，有些慢一拍地問：「普……普通、通室友的喜歡？」言倏眼眸彎彎，打破林爾酒的自欺欺人，「想把你娶回家的那種喜歡。」

林爾酒臉瞬間漲得通紅，手足無措了。他抿了抿嘴唇，不敢跟言倏對視，低下眼眸看著自己的小白鞋，沒有直接拒絕，「你的願望不是……不是我高中不戀愛嗎？」

「所以我先告白了。要是你現在不喜歡我，可以花點時間來喜歡我，我應該還算配得上你吧？這兩年我還能幫你補習，酒酒，你不會吃虧的。等我們成年了，就直接在一起？省得後面還得慢慢追，你說對吧，酒酒。可以接受我這樣的安排嗎？」

林爾酒茫然了，還能這樣哦？

但是跟言倏在一起確實有很多好處，他可以占到很多便宜。只是，他並沒有便宜給言條占啊！

林爾酒晚上在浴室泡著他的折疊浴缸，露出了自己的魚尾巴。

浴室被他鎖住了，而且言條知道他在洗澡，絕對不會進來。

林爾酒看了看他的尾巴。

他是魚啊！

言條要是知道他是魚，還會喜歡自己嗎？

晚上休息的時候，林爾酒攀到了言條的床邊，皺著眉頭問：「你會愛上一條魚嗎？」

言條被林爾酒的問題嚇了一跳，「應該不會吧？」

「那你會檢舉身邊的妖怪嗎？」

林爾酒繼續問奇怪的問題，言條也順著回答：「不會。」

林爾酒眉頭皺著更緊，爬進了言條的床上。

「……你是要跟我一起睡？」

林爾酒點點頭。

小室友這是對他有感覺呢，還是就單純想跟他睡覺？

林爾酒鑽進言倏的被窩，面對著牆那邊，但是動來動去的。

言倏在被子裡攥住了林爾酒的手。

林爾酒不敢動了。

「你……你做什麼？」林爾酒的聲音結結巴巴。

「你又在做什麼？」言倏反問。

林爾酒手心出汗，沉默半晌後終於打破平靜，「你不喜歡魚，我們不可能。」

「……所以？」

言倏話音剛落，便感受到自己的腿一涼，還有些滑溜感。

他一把掀開被子，大吃一驚，見到了一條漂亮的魚尾巴。

言倏詫異地說：「……你是人魚？」

怪不得，怪不得要排水，還要泡澡補水。

林爾酒尾巴一甩，一臉認真嚴肅看向言倏，「我相信你才給你看的，不能告訴別人。你剛說的，你不喜歡魚。」

言倏驚了一下子後又恢復了正常，他摸了一下林爾酒的魚尾巴，挺滑的，摸一下還顫一下，挺可愛。

他低聲一笑，「現在又喜歡了。不僅如此，我還要辜負酒酒的信任，以此威脅酒酒跟我在一起。」

林爾酒的尾巴不動了，顯然是被言條的無恥嚇到了。

言條看向林爾酒，「騙你的，眞好騙。追人是要有耐心的，但酒酒就算是魚，我也喜歡。」

林爾酒的臉慢慢紅了。

他是魚，言條也喜歡啊……

六年後

林爾酒和言條大學畢業後便直接登記結婚，言條看到結婚證書上面板著臉的林爾酒，又不經意回想起高中時的林爾酒。

高嶺之花有點自閉。

現在……

「言倏！你晚上要抱著我的魚尾巴睡覺！」

言倏看向眼前眉眼彎彎的林爾酒，回神無奈地說：「能不抱嗎？比起你的魚尾巴，我更想抱你這個人。」

林爾酒露出「果然如此」的表情，「言倏，你果然不喜歡我的魚尾巴，我要……」

言倏瞬間捂住了林爾酒的嘴巴，「我抱。祖宗，新家的泳池不是給你睡覺的。」林爾酒又高興了。

林爾酒不高興的時候就會找地方泡澡，但每次都會提前跟言倏說，等言倏到了，再把他抱回房間。

路上人多，林爾酒還想讓言倏親親他。言倏愛面子，只緊緊牽住了林爾酒的手，讓林爾酒勉強滿意，但要求言倏回家必須親他五下。

言倏無奈啊。

現在的酒酒，成了個小鬧精了。

（全書完）

國家圖書館出版品預行編目資料

第31次離家出走/小蒹葭作. -- 初版. -- 臺北市：春光出版, 城邦文化事業股份有限公司出版：英屬蓋曼群島商家庭傳媒股份有限公司城邦分公司發行, 民111.09
面； 公分. --
ISBN 978-626-96498-2-2 (平裝)

857.7 111013184

南風系003

第31次離家出走

作　　者／小蒹葭
企劃選書人／王雪莉
責任編輯／王雪莉

版權行政暨數位業務專員／陳玉鈴
資深版權專員／許儀盈
行銷企劃／陳姿億
行銷業務經理／李振東
總　編　輯／王雪莉
發　行　人／何飛鵬
法律顧問／元禾法律事務所　王子文律師
出　　版／春光出版
臺北市104中山區民生東路二段 141 號 8 樓
電話：（02）2500-7008　傳真：（02）2502-7676
部落格：http://stareast.pixnet.net/blog E-mail：stareast_service@cite.com.tw
發　　行／英屬蓋曼群島商家庭傳媒股份有限公司城邦分公司
臺北市中山區民生東路二段 141 號11 樓
書虫客服服務專線：（02）2500-7718 /（02）2500-7719
24小時傳真服務：（02）2500-1990 /（02）2500-1991
服務時間：週一至週五上午9:30～12:00，下午13:30～17:00
郵撥帳號：19863813　戶名：書虫股份有限公司
讀者服務信箱E-mail: service@readingclub.com.tw
歡迎光臨城邦讀書花園 網址：www.cite.com.tw
香港發行所／城邦（香港）出版集團有限公司
香港灣仔駱克道 193 號東超商業中心 1 樓
電話：（852）2508-6231　傳真：（852）2578-9337
E-mail : hkcite@biznetvigator.com
馬新發行所／城邦（馬新）出版集團　Cite（M）Sdn. Bhd
41, Jalan Radin Anum, Bandar Baru Sri Petaling,
57000 Kuala Lumpur, Malaysia.
Tel:（603）90578822 Fax:（603）90576622 E-mail:cite@cite.com.my

封面插畫／Kopako
封面設計／蔡佩紋
內頁排版／邵麗如
印　　刷／高典印刷有限公司

■ 2022年（民111）9月1日初版一刷　Printed in Taiwan

售價／350元

城邦讀書花園
www.cite.com.tw

ISBN 978-626-96498-2-2

104臺北市民生東路二段141號11樓
英屬蓋曼群島商家庭傳媒股份有限公司
城邦分公司

請沿虛線對折，謝謝！

愛情．生活．心靈
閱讀春光，生命從此神采飛揚

春光出版

書號：OW0003	書名：第31次離家出走

請於此處用膠水黏貼

讀者回函卡

謝謝您購買我們出版的書籍！請費心填寫此回函卡，我們將不定期寄上城邦集團最新的出版訊息。亦可掃描QR CODE，填寫電子版回函卡

姓名：______________________

性別：□男 □女

生日：西元________年________月________日

地址：______________________

聯絡電話：____________ 傳真：____________

E-mail：______________________

職業：□1.學生 □2.軍公教 □3.服務 □4.金融 □5.製造 □6.資訊

□7.傳播 □8.自由業 □9.農漁牧 □10.家管 □11.退休

□12.其他 ______________________

您從何種方式得知本書消息？

□1.書店 □2.網路 □3.報紙 □4.雜誌 □5.廣播 □6.電視

□7.親友推薦 □8.其他 ______________________

您通常以何種方式購書？

□1.書店 □2.網路 □3.傳真訂購 □4.郵局劃撥 □5.其他 ________

您喜歡閱讀哪些類別的書籍？

□1.財經商業 □2.自然科學 □3.歷史 □4.法律 □5.文學

□6.休閒旅遊 □7.小說 □8.人物傳記 □9.生活、勵志

□10.其他 ______________________

請於此處用膠水黏貼

情不知所起，一往而深。
尋著心之所向，乘著拂曉清風，
流往那剎那即永恆之境。

情不知所起，一往而深。
尋著心之所向，乘著拂曉清風，
流往那剎那即永恆之境。